ABC der Tiere 3 Übungsheft

Basiskompetenzen sichern

Herausgegeben von
Klaus Kuhn

Erarbeitet von
Klaus Kuhn
Kerstin Mrowka-Nienstedt

Name: ______________________

Klasse: ______________________

Mildenberger

Mithilfe des **ABC der Tiere 3 – Übungsheftes** wiederholen und trainieren die Kinder die zentralen sprachlichen Themen aus Klasse 3. Durch die intensive Wiederholung und Überprüfung der grundlegenden Lerninhalte wird das Basisniveau der Schülerinnen und Schüler gesichert.

Das Übungsheft ist Bestandteil des Spracharbeitsheftes 3 Kompakt (Bestell-Nr. 3405-31) und begleitet die Kinder durch das ganze Schuljahr. Es enthält auf 64 Seiten die Inhalte der „Was habe ich gelernt?“-Seiten aus dem Sprachbuch 3 (3405-91/-81), sodass ausreichend Übungsmaterial bearbeitet werden kann. Am Ende jedes Kapitels können die zentralen Lerninhalte mithilfe des Übungsheftes wiederholt und überprüft werden.

Ergänzend zur Standard-Ausgabe des Sprachbuches 3 (Bestell-Nr. 3405-91/-81) kann das Übungsheft zur Wiederholung und Vertiefung verwendet werden. Es kann aber auch lehrwerksunabhängig eingesetzt werden.

Übersichtliches Layout

Das übersichtliche Layout hilft lernschwachen Kindern, sich auf die Inhalte zu konzentrieren. Die große Schrift und die farbige Markierung der Silben (blau – rot) erleichtern den Schülerinnen und Schülern das Lesen. Die Größe der Lineatur ist an das Spracharbeitsheft 3 Kompakt (Bestell-Nr. 3405-31) angepasst. Ab Kapitel 7 sind die Schreibzeilen entsprechend etwas kleiner.

Schatzkisten und Ausklappseite

Die wichtigsten grammatikalischen Inhalte und Strategien sind in den gelben Schatzkisten sowie nochmals auf der Ausklappseite hinten zusammengefasst. Sie dienen den Kindern als hilfreiche Erinnerungsstütze.

Selbsteinschätzung

Am Ende einer Seite bzw. Doppelseite können die Kinder die eigenen Kompetenzen selbst einschätzen, indem sie den entsprechenden Smiley markieren. Auch der Lehrkraft und den Eltern gibt dies eine Rückmeldung zum Lernstand des Kindes.

Selbstkontrolle

Das integrierte Lösungsheft kann vor Einsatz des Übungsheftes herausgenommen und dann zur Selbstkontrolle genutzt werden.

Sticker-Belohnungssystem

Für jede erfolgreich bearbeitete Seite dürfen die Kinder hinten im Heft auf der Umschlaginnenseite einen Sticker auf das entsprechende Feld im Wimmelbild kleben. Die Sticker motivieren die Kinder und zeigen ihnen, wie viel sie bereits bearbeitet haben.

Wortschatztraining

Am Ende jedes Kapitels gibt es eine Seite zur Wortschatzerweiterung. Hier werden nochmals wichtige Verben, Nomen und Adjektive vertiefend geübt. Die Nomen sind auf diesen Seiten mit farbigen Artikelpunkten gekennzeichnet.

Einzahl: ● der, ● die, ● das

Mehrzahl: ● die

Dies unterstützt die Kinder dabei, sich den passenden Artikel einzuprägen.

Häuschenschreibweise

Im ABC der Tiere wird der Silbenbau deutscher Wörter mithilfe der drei Häuschentypen A, B und C kindgerecht veranschaulicht. Auch im Übungsheft werden die Doppelkonsonanten, die Schreibung von „tz“ und „ck“ sowie die ie-Schreibung systematisch mithilfe der Häuschen A und C geklärt.

Sollten Sie lehrwerksunabhängig arbeiten und mit der Häuschenschreibweise noch nicht vertraut sein, finden Sie unter www.ABC-der-Tiere.de eine Einführung sowie weiterführende Informationen.

Inhalt

* SAH: ABC der Tiere 3 – Spracharbeitsheft Kompakt (3405-31)
** SB: ABC der Tiere 3 – Sprachbuch (3405-91/-81)

Nomen und Artikel

Nomen gibt es in der Einzahl und in der Mehrzahl.
Wir schreiben sie groß.
Vor Nomen stehen oft Artikel:
– bestimmter Artikel: ● der ● die ● das
– unbestimmter Artikel: ● ein ● eine ● ein
Der Artikel in der Mehrzahl ist immer: ● die.

1. Kreise die Nomen gelb ein.
   Schreibe die Nomen mit dem unbestimmten Artikel.
   eine Blume

BLUME	MIT	KARTE	KIND	ZU	BALL

2. Schreibe die Nomen mit dem bestimmten Artikel in der Einzahl und in der Mehrzahl.
   der Freund – die Freunde

Freund	Woche	Heft

Einzahl **Mehrzahl**

–

–

–

☺ 😐 ☹

→ nach SAH Teil A, S. 19 / SB, S. 15

Nomen mit der Endung -ung

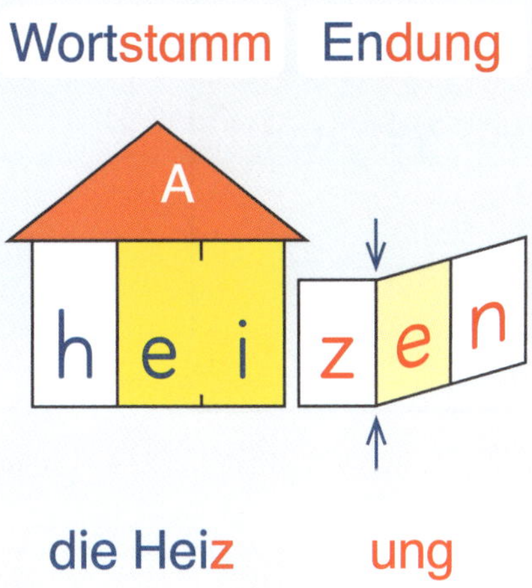

1. Schreibe die Verben ab und kreise den Wortstamm ein.
   Schreibe das Nomen mit der Endung -ung auf.
   (werb)en – die Werbung

   werben | retten | zeichnen | rechnen | meinen

   ______ – ______
   ______ – ______
   ______ – ______
   ______ – ______
   ______ – ______

2. Setze das passende Nomen mit der Endung -ung ein.

Die ______ ist falsch.

Die ______ ist schön.

Verben: Grundform und Personalform

Verben

Verben sagen, was jemand tut oder was geschieht.
Sie haben eine Grundform und
verschiedene Personalformen.
Verben schreiben wir klein.

1. Schreibe alle Personalformen auf.
   ich sage, du ...

ich		e
du		st
er/sie/es	sag	t
wir		en
ihr		t
sie		en

2. Setze die passende Personalform ein.

rufen	– du		meinen	– ihr	
malen	– er		rechnen	– du	
lesen	– wir		schreiben	– wir	
singen	– ihr		kochen	– ich	
spielen	– ich		trinken	– er	

→ nach SAH Teil A, S. 19 / SB, S. 15

3. Schreibe alle Personalformen auf.

ich komme, du ...

ich		e	
du		st	
er/sie/es	komm	t	
wir		en	
ihr		t	
sie		en	

4. Schreibe die Verben mit doppeltem Mitlaut in der ich-Form und in der er-Form.

Achtung: Hast du den doppelten Mitlaut in der er-Form geschrieben?

re[nn]en – ich re[nn]e – er re[nn]t

Grundform		**ich-Form**		**er-Form**
rennen	–	ich	–	er
schwimmen	–		–	
brummen	–		–	

5. Setze das passende Verb in der richtigen Personalform ein.

kämmen	Hanna ______ sich die Haare.
blasen	Ich ______ den Luftballon auf.

⇢ nach SAH Teil A, S. 19 / SB, S. 15

Pronomen

Pronomen

ich, du, er / sie / es, wir, ihr, sie sind Pronomen.
Pronomen stehen für Nomen.

1. Ersetze den Namen durch das passende Pronomen.
   Schreibe den zweiten Satz ab.

Mia geht zu ihrer Freundin.
Mia möchte mit ihr spielen.

____

Max holt einen Ball.
Max möchte Fußball spielen.

____

Die Kinder haben Pause.
Die Kinder essen einen Apfel.

____

2. Setze das passende Pronomen ein. ich du

Was machst _____?

_____ mache Hausaufgaben.

→ nach SAH Teil A, S. 19 / SB, S. 15

Wortschatztraining 1

1. Ordne die Nomen zu. Schreibe sie in der Einzahl und in der Mehrzahl.

Freund | Zeichnung | Rechnung | Spiel

● ______

● ______

● ______

● ______

● ______

● ______

● ______

● ______

2. Ergänze die Verben in der passenden Form.

schießen | gehen | spielen

Die Kinder ______ Fußball.

Lukas ______ auch Fußball.

Die Kinder ______ ein Tor.

Lena ______ auch ein Tor.

Die Kinder ______ nach Hause.

Aysun ______ auch nach Hause.

Adjektive mit den Endungen -ig und -lich

Adjektive

Mit Adjektiven beschreiben wir Nomen genauer.
Wörter mit den Endungen -ig und -lich sind Adjektive.
windig, freundlich

1. Schreibe die Adjektive auf.

fleiß- / geiz- / mächt- → -ig

ängst- / täg- / jähr- → -lich

2. Schreibe zu den Nomen das passende Adjektiv mit -ig oder -lich.

der Sport –	der Mensch –
der Staub –	der Spaß –
das Gold –	das Ende –
der Mut –	das Gift –
die Ecke –	der Witz –

→ nach SAH Teil A, S. 37 / SB, S. 27

Adjektive – Vergleichsstufen

Vergleichsstufen

Mit Adjektiven können wir vergleichen.

Grundform:	klein
1. Vergleichsstufe:	kleiner als
2. Vergleichsstufe:	am kleinsten

1. Schreibe die Adjektive in die Tabelle.

klug | schön | hell | billig

Grundform		1. Vergleichsstufe		2. Vergleichsstufe
	–		–	
	–		–	
	–		–	
	–		–	

2. Setze das passende Adjektiv ein.

hart | langsamer als | am heißesten | größer als

Eine Schnecke ist ________ eine Schildkröte.

Ein Stein ist ________.

Ein Pferd ist ________ ein Hund.

In Afrika ist es heiß. In der Wüste ist es ________.

☺ 😐 ☹

Fragesätze – Aussagesätze

Fragesatz	Aussagesatz
Am Ende steht ein **Fragezeichen** ?. Wer …? Was …? Wo …? Warum …? Wann …? Wie …?	Am Ende steht ein **Punkt** . . Sebastian ist Pfadfinder.

1. Was passt? Verbinde.

2. Kreise in jeder Frage das Fragewort ein und setze ein Fragezeichen.
   Setze in jedem Aussagesatz einen Punkt.

Wie viele Tage hat ein Jahr___	Ein Jahr hat 365 Tage___
Wo leben Pinguine___	Die Hälfte von 10 ist 5___
Was ist die Hälfte von 10___	Pinguine leben am Südpol___

3. Schreibe die Sätze ab.

☺ 😐 ☹

→ nach SAH Teil A, S. 37 / SB, S. 27

Aufforderungssätze

Aufforderungssatz

Nach Aufforderungen oder Ausrufen steht ein Ausrufezeichen (!).
Komm her! Ach du Schreck!

1. Welches Bild passt? Verbinde.

2. Setze am Ende der Aufforderungssätze ein Ausrufezeichen.

Setz dich___

Geh weg___

Schlaf jetzt___

3. Setze ein: (.) oder (?) oder (!). Schreibe die Sätze ab.

Komm bitte mit___

Wo bist du___

Ich spiele Ball___

Seid still___

Mia liest ein Buch___

Was sagst du___

b – p, d – t, g – k am Wortende: Wir verlängern

Bei manchen Wörtern hörst du p, t oder k am Wortende.
Du musst aber b, d oder g schreiben.

Verlängere das Wort um eine Silbe.

Der Hun● bellt.	die Hunde	→	der Hund
Der Schüler ü●t.	üben	→	er übt
Das Wetter ist sonni●.	sonnige	→	sonnig

1. Nomen: b statt p, d statt t, g statt k. Bilde die Mehrzahl.
   die Züge – der Zug

Zu●		→	
Pfer●		→	
Kor●		→	
Ta●		→	

2. Verben: b statt p, g statt k. Bilde die Grundform.
   loben – er lobt

er lo●t		→	
ihr ha●t		→	
sie fra●t		→	
ihr sa●t		→	

⇢ nach SAH Teil A, S. 37 / SB, S. 27

3. Adjektive: b statt p, d statt t, g statt k. Verlängere das Adjektiv um eine Silbe.
Schreibe so:
das gelbe Auto – gelb

gel●	das	______	Auto	→	______
gesun●	das	______	Obst	→	______
trauri●	das	______	Kind	→	______
run●	der	______	Tisch	→	______

4. Verlängere und setze dann den passenden Buchstaben ein.
Schreibe die Sätze ab.

Ein kalter Win_____ (d/t) weht über das Fel_____ (d/t).

____

Die Mutter trä_____t (g/k) den Kor_____ (b/p).

____

Das Zel_____ (d/t) ist gel_____ (b/p).

____

Die Blume ist wel_____ (g/k).

____

☺ 😐 ☹

Wortschatztraining 2

1. Ordne die Nomen zu. Schreibe sie in der Einzahl und in der Mehrzahl.

Blitz | Weg | Kleid | Sturm

2. Verbinde die Nomen mit dem passenden Adjektiv.

Freund | Wind | Glück | Sonne

windig | sonnig | freundlich | glücklich

3. Setze das passende Adjektiv ein.

Mia hat gewonnen. Sie ist ______.

Tom winkt Lea. Tom ist sehr ______.

Die Sonne scheint. Es ist ______.

Das stumme h im Wortstamm

Stummes h

Das stumme h steht in einsilbigen Wörtern und in Wortstämmen vor l, m, n, r.

1. Kreise den letzten Buchstaben ein.

| Zahl | Ohr | Zahn | Uhr |

2. Schreibe die Nomen in der Einzahl und in der Mehrzahl.
   die Zahl – die Zahlen

Einzahl		**Mehrzahl**
______	–	______
______	–	______
______	–	______
______	–	______

3. Kreise den letzten Buchstaben ein.

| kühl | wahr | zahm | kahl |

4. Setze das passende Adjektiv ein. Hänge -e oder -er an.

   Der Wind bläst. Es ist ein ______ Tag.

   Lea lügt nicht. Sie erzählt eine ______ Geschichte.

☺ 😐 ☹

zahlen – er zahlt

Wortstamm

1. Schreibe die Wortstämme in die Häuschen.
   Kreise den letzten Buchstaben ein. Schreibe die er-Form.
   fehlen – feh(l) – er fehlt

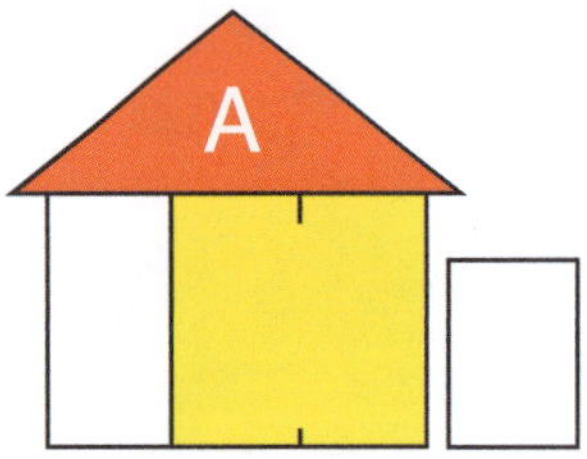

fehlen

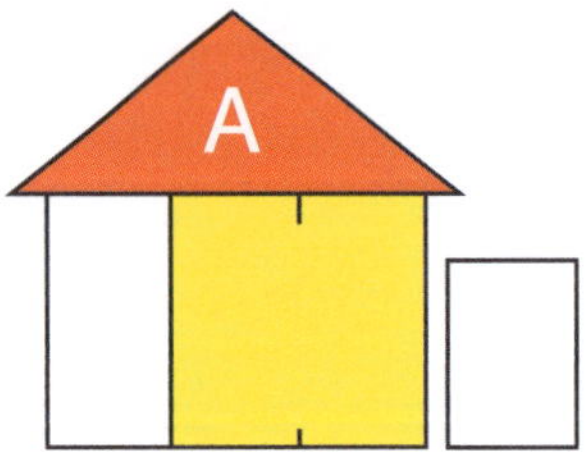

lahmen

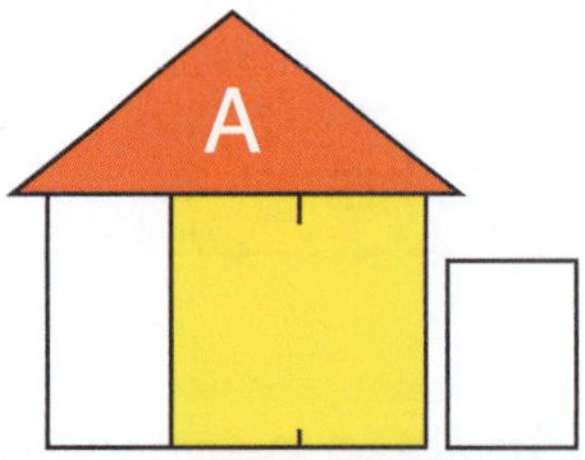

gähnen

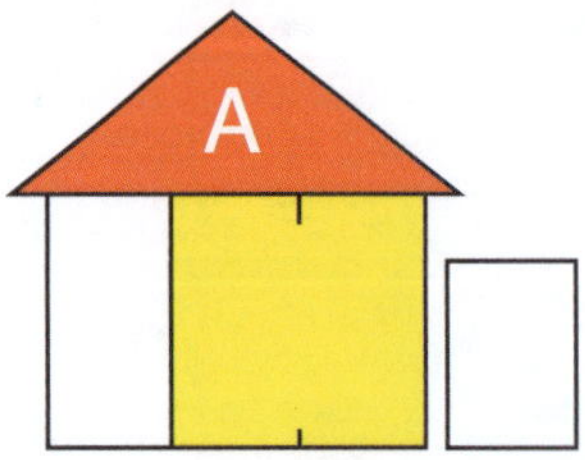

führen

⇢ nach SAH Teil A, S. 49 / SB, S. 35

Das stumme h – Wortfamilie

Wortfamilie

Wörter mit demselben Wortstamm gehören zu einer Wortfamilie.

1. Welcher Wortstamm passt? Ordne zu und schreibe die Wörter.

lehren	zählen	lehrreich	erzählen
abzählen	Lehrer	Erzählung	Lehrerin

lehr

zähl

2. Setze das passende Wort ein.

Die ______ erklärt eine Aufgabe.

Mia ______ eine Geschichte.

Max ______ das Geld.

Wortschatztraining 3

1. Ordne die Nomen zu. Schreibe sie in der Einzahl und in der Mehrzahl.

Zahl	Zahn	Ohr	Uhr

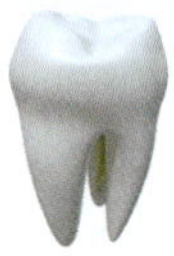

● ____________________

● ____________________

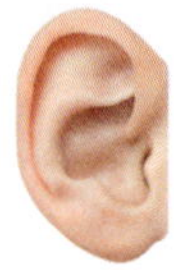

● ____________________

● ____________________

● ____________________

● ____________________

9

● ____________________

● ____________________

2. Ergänze die Verben in der passenden Form.

wohnen	gähnen	führen

Die Kinder ____________ den Hund an der Leine.

Lukas ____________ auch seinen Hund aus.

Die Kinder ____________ in einem Hochhaus.

Lena ____________ auch in einem Hochhaus.

Die Kinder ____________.

Edon ____________ auch.

Gegenwart – Vergangenheit

Gegenwart – Vergangenheit

Verben geben an, in welcher Zeit etwas stattfindet.
Gegenwart (heute): er holt
Vergangenheit (früher): er holte

1. Was passt? Setze ein.

er lief | er zeigte | er ging | er las | er half

Gegenwart		Vergangenheit
er geht	–	
er läuft	–	
er hilft	–	
er liest	–	
er zeigt	–	

2. Setze das passende Verb in der Vergangenheit ein.

Tim ______ gestern 50 Meter in acht Sekunden.

Mia ______ gestern Abend ein Buch.

Max ______ letzte Woche ins Schwimmbad.

Lea ______ gestern Mittag beim Kochen.

Tom ______ seinem Freund das neue Fahrrad.

Lang oder kurz?

1. Sprich und klatsche die Nomen auf beide Arten.

2. Schreibe die Nomen in das richtige Häuschen.

Zimer – Zimmer

Zimmer hört sich richtig an.
Das Wort ist in Häuschen C.

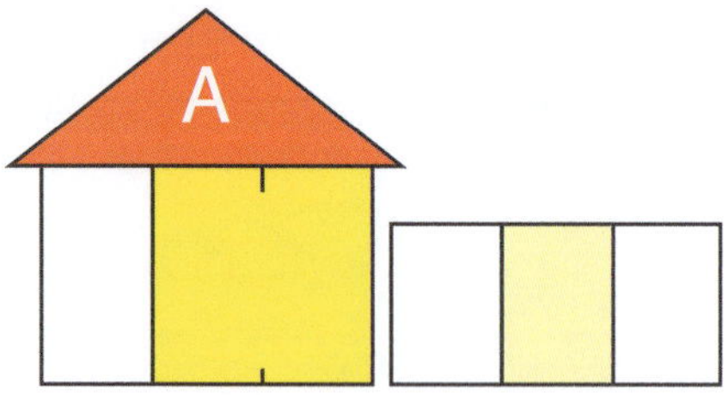

t/tt: Mu●er

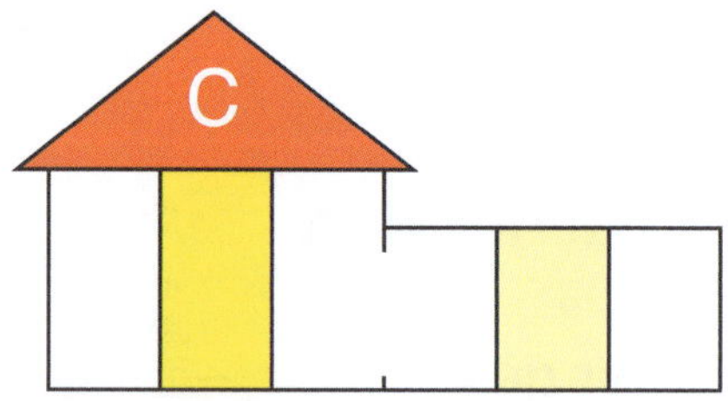

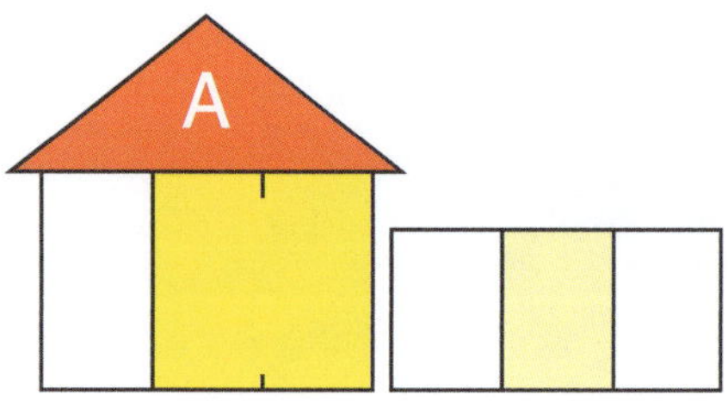

l/ll: ma●en

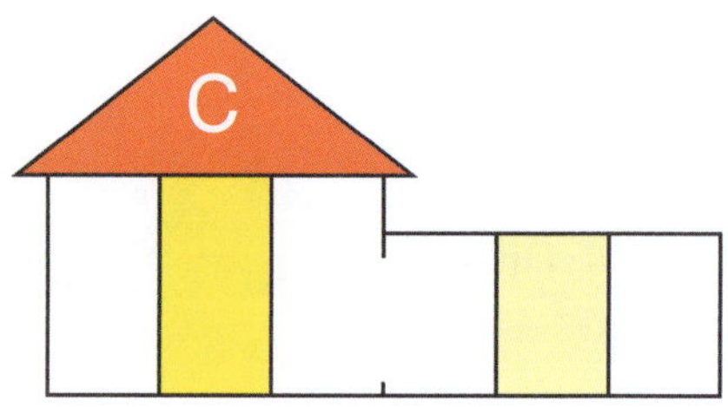

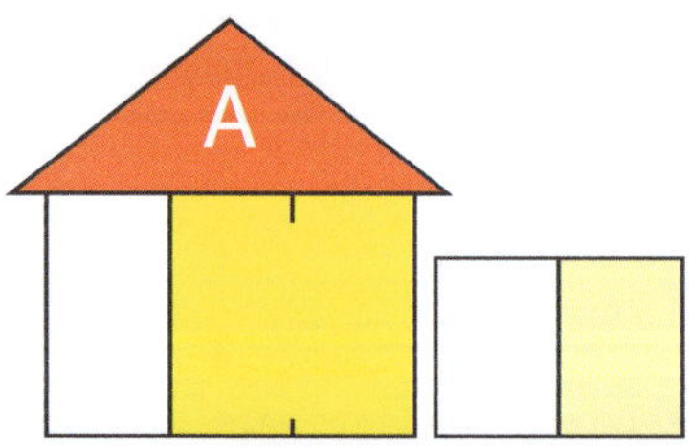

p/pp: Su●e

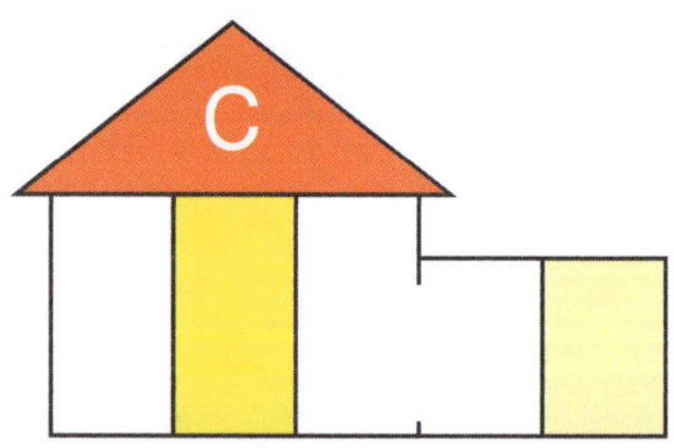

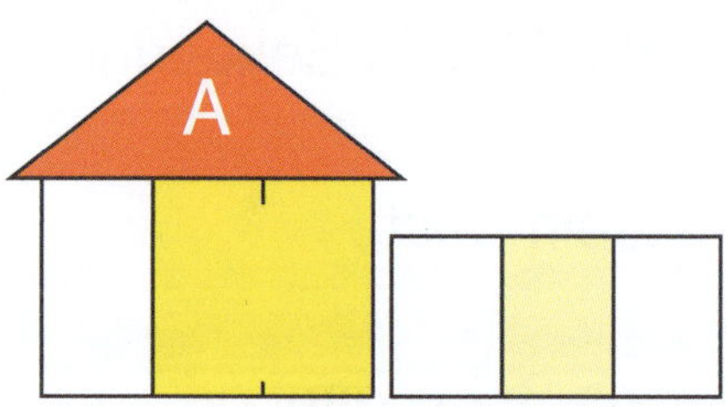

n/nn: re●en

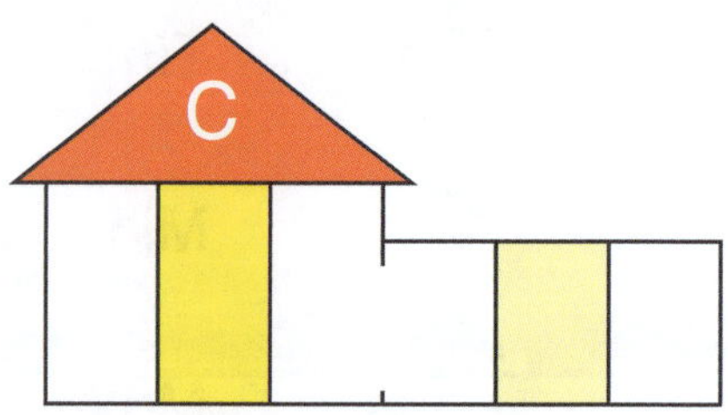

Häuschenprobe: A oder C?

Sprich ein Wort mit langem und mit kurzem Selbstlaut. So kannst du entscheiden, ob ein doppelter Mitlaut geschrieben wird.

⇢ nach SAH Teil A, S. 63 / SB, S. 47

der Ba●	die Bälle	→	der Ball
er ro●t	rollen	→	er rollt
schne●	schneller als	→	schnell

3. Bilde zuerst die Mehrzahl, dann die Einzahl. Schreibe auf.

n/nn: der Ma● __________ → __________

s/ss: die Nu● __________ → __________

n/nn: der To● __________ → __________

4. Bilde zuerst die Grundform, dann die er-Form. Schreibe auf.

s/ss: er lie●t __________ → __________

n/nn: er ke●t __________ → __________

n/nn: er bre●t __________ → __________

5. Bilde zuerst die erste Vergleichsstufe, dann die einsilbige Form. Schreibe auf.

t/tt: ne● __________ → __________

n/nn: dü● __________ → __________

n/nn: schö● __________ → __________

Wortfeld

Wörter mit einer ähnlichen Bedeutung bilden ein Wortfeld.

1. Streiche die Verben durch, die nicht zum Wortfeld „gehen“ gehören.

gehen

kochen
bummeln
schauen
schleichen
klettern
steigen
fragen
rennen

2. Setze das passende Verb ein und schreibe die Sätze ab.

Das Eichhörnchen ________ auf einen Baum.

Die Kinder ________ leise durch den Wald.

Die Mädchen ________ um die Wette.

☺ 😐 ☹

→ nach SAH Teil A, S. 63 / SB, S. 47

Wortschatztraining 4

1. Ordne die Nomen zu. Schreibe sie in der Einzahl und in der Mehrzahl.

Treppe | Mädchen | Bett | Abend

● ______

● ______

● ______

● ______

● ______

● ______

● ______

● ______

2. Ergänze die Verben in der passenden Form.

saßen | aßen | halfen

Die Kinder ______ Suppe.

Lukas ______ auch Suppe.

Die Kinder ______ der Mutter.

Lena ______ auch der Mutter.

Die Kinder ______ am Tisch.

Edon ______ auch am Tisch.

⇢ nach SAH Teil A, S. 63 / SB, S. 47

Wörtliche Rede – Redebegleitsatz

Redebegleitsatz	Wörtliche Rede
Max fragt:	„Möchtest du ein Eis essen?"
Lea antwortet:	„Ja. Ich esse gerne Eis."

1. Lies den Text. Unterstreiche die Redebegleitsätze rot und die wörtliche Rede grün.

Am Eisstand
Lea geht zum Eisstand. Sie möchte ein Eis essen.
Lea sagt: „Hallo, ich möchte bitte zwei Kugeln Schokoladeneis."
Die Verkäuferin fragt: „In der Waffel oder im Becher?"
Lea antwortet: „In der Waffel, bitte."
Die Verkäuferin sagt: „Bitteschön – hier ist dein Eis."
Lea bedankt sich und bezahlt.

2. Schreibe die wörtliche Rede zum passenden Redebegleitsatz. Achte auf die Redezeichen.

Lea fragt: ______________________

Die Verkäuferin sagt: ______________________

____

→ nach SAH Teil A, S. 79 / SB, S. 57

3. Verbinde die Redebegleitsätze mit der passenden wörtlichen Rede.

(1) Der Vater grüßt:	„Das Eis war gut!"
(2) Lea sagt:	„Hallo Lea!"
(3) Der Vater fragt:	„Nächstes Mal komme ich auch mit."
(4) Lea antwortet:	„Hallo Papa!"
(5) Der Vater meint:	„Wie hat dir das Eis geschmeckt?"

4. Schreibe das Gespräch auf. Achte auf den Doppelpunkt und die Redezeichen.

☺ 😐 ☹

Redebegleitsatz

Der Redebegleitsatz gibt an, wer spricht.
Danach steht ein Doppelpunkt (:).

Wörtliche Rede

Was gesprochen wird, heißt wörtliche Rede.
Die wörtliche Rede steht in Redezeichen („…").

Vorsilben

Vorsilben verändern die Bedeutung von Verben.
verschreiben – vorschreiben

1. Setze die Vorsilben mit dem Verb zusammen.

be-
ab-
ver-
vor-

schreiben

____
____
____
____

2. Setze das passende Verb ein.

Die Lehrerin will das Wort an der Tafel ______________________.

Lea soll das Wort von der Tafel ______________________.

Der Arzt möchte Tabletten ______________________.

Max soll das Bild ______________________.

3. Setze das passende Verb ein.

verspielen | vorspielen

Die Kinder wollen ein Theaterstück ______________________.

Zusammengesetzte Nomen mit Verbindungs-s

Zusammengesetze Nomen

Nomen können wir zusammensetzen.
Das zusammengesetzte Nomen hat den Artikel des zweiten Nomens.
Manchmal fügen wir das „Verbindungs-s" ein.
die Geburt + der Tag: der Geburtstag

1. Bilde aus den Wörtern zusammengesetzte Nomen.
   Schreibe die Nomen mit Artikel zu dem passenden Bild.

Zeitung | Einladung | Tag | Leser | Frühling | Karte

____ + ____

____

____ + ____

____

____ + ____

____

2. Setze das passende zusammengesetzte Nomen ein.

An einem ____ macht die Familie einen Ausflug.

☺ 😐 ☹

Zusammengesetzte Nomen

Wir können ein Verb und ein Nomen zusammensetzen.
Der Artikel richtet sich nach dem Nomen.
trinken + die Flasche: die Trinkflasche

1. Bilde aus den Wörtern zusammengesetzte Nomen.
Schreibe die Nomen mit Artikel zu dem passenden Bild.

waschen | gießen | Sack | Maschine
schlafen | Kanne

_______________ + _______________

____

_______________ + _______________

____

_______________ + _______________

____

2. Setze das passende zusammengesetzte Nomen ein.

Tom holt die Wäsche aus der _______________.

Lea schläft in ihrem _______________.

In der _______________ ist Wasser.

→ nach SAH Teil A, S. 79 / SB, S. 57

Wortschatztraining 5

1. Ordne die Nomen zu. Schreibe sie in der Einzahl und in der Mehrzahl.

Getränk | Gruß | Wurst | Gurke

● ______
● ______

● ______
● ______

● ______
● ______

● ______
● ______

2. Ergänze die Verben in der passenden Form.

bedanken | verteilen | verabschieden

Die Kinder ______ Hefte.

Hanna ______ auch Hefte.

Die Kinder ______ sich von der Mutter.

Edon ______ sich auch von der Mutter.

Die Kinder ______ sich für das Geschenk.

Aysun ______ sich auch für das Geschenk.

Diagramme lesen

Die Kinder der Klasse 3 haben ein Balkendiagramm über ihr Lieblingsobst erstellt.

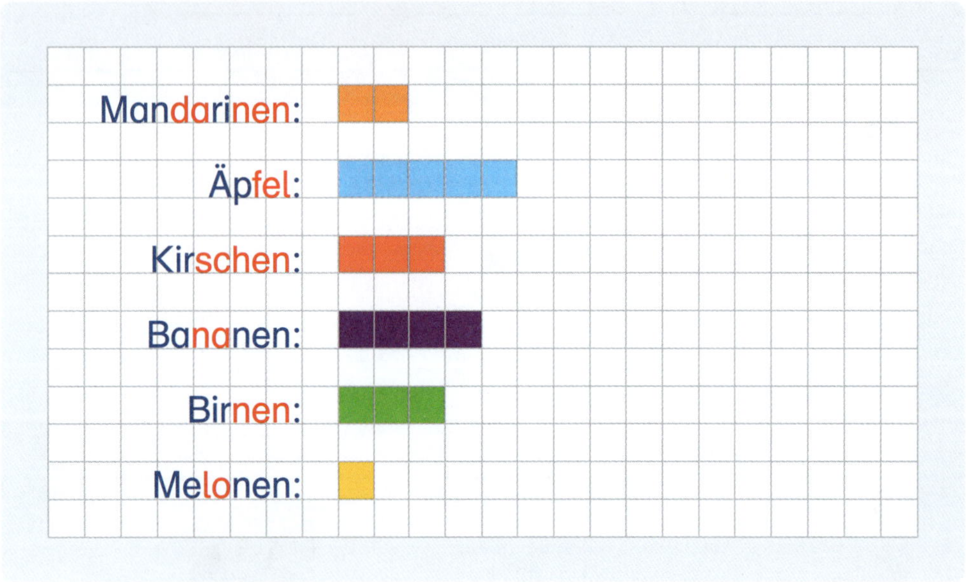

1. Ergänze die Lücken mithilfe des Diagramms.

In der Klasse 3 sind ______ Kinder.

Die meisten Kinder essen ______ am liebsten.

Die wenigsten Kinder mögen ______.

Gleich viele Kinder essen gerne ______ und ______.

Vier Kinder essen gerne ______.

Zwei Kinder essen gerne ______.

→ nach SAH Teil A, S. 93 / SB, S. 67

Nomen und Artikel

Nomen und Artikel

Nomen gibt es in der Einzahl und in der Mehrzahl.
Wir schreiben sie groß.
Vor Nomen stehen oft Artikel:
– bestimmter Artikel: ● der ● die ● das
– unbestimmter Artikel: ● ein ● eine ● ein
Der Artikel in der Mehrzahl ist immer: ● die.

1. Kreise die Nomen gelb ein.
   Schreibe die Nomen mit dem unbestimmten Artikel.
   eine Blume

BLUME | MIT | KARTE | KIND | ZU | BALL

eine Blume — eine Karte
ein Kind — ein Ball

2. Schreibe die Nomen mit dem bestimmten Artikel in der Einzahl und in der Mehrzahl.
   der Freund – die Freunde

~~Freund~~ ~~Woche~~ ~~Heft~~

Einzahl	Mehrzahl
der Freund	– die Freunde
die Woche	– die Wochen
das Heft	– die Hefte

☺ 😐 ☹

Nomen mit der Endung -ung

Zuerst bilde ich den Wortstamm. Dann hänge ich ung an. Achtung: Habe ich das Nomen großgeschrieben?

1. Schreibe die Verben ab und kreise den Wortstamm ein.
   Schreibe das Nomen mit der Endung -ung auf.
   werben – die Werbung

~~werben~~ ~~retten~~ ~~zeichnen~~ ~~rechnen~~ ~~meinen~~

werben – die Werbung
retten – die Rettung
zeichnen – die Zeichnung
rechnen – die Rechnung
meinen – die Meinung

2. Setze das passende Nomen mit der Endung -ung ein.

Die Rechnung ist falsch.

Die Zeichnung ist schön.

☺ 😐 ☹

Verben: Grundform und Personalform

Verben

Verben sagen, was jemand tut oder was geschieht.
Sie haben eine Grundform und verschiedene Personalformen.
Verben schreiben wir klein.

1. Schreibe alle Personalformen auf.
   ich sage, du ...

(ich, du, er/sie/es, wir, ihr, sie — sag — e, st, t, en, t, en)

ich sage
du sagst
er / sie / es sagt
wir sagen
ihr sagt
sie sagen

2. Setze die passende Personalform ein.

rufen	– du	rufst	meinen	– ihr	meint
malen	– er	malt	rechnen	– du	rechnest
lesen	– wir	lesen	schreiben	– wir	schreiben
singen	– ihr	singt	kochen	– ich	koche
spielen	– ich	spiele	trinken	– er	trinkt

3. Schreibe alle Personalformen auf.
   ich komme, du ...

(ich, du, er/sie/es, wir, ihr, sie — komm — e, st, t, en, t, en)

ich komme
du kommst
er / sie / es kommt
wir kommen
ihr kommt
sie kommen

4. Schreibe die Verben mit doppeltem Mitlaut in der ich-Form und in der er-Form.
   Achtung: Hast du den doppelten Mitlaut in der er-Form geschrieben?
   rennen – ich renne – er rennt

Grundform	ich-Form	er-Form
rennen	– ich renne	– er rennt
schwimmen	– ich schwimme	– er schwimmt
brummen	– ich brumme	– er brummt

5. Setze das passende Verb in der richtigen Personalform ein.

kämmen — Hanna kämmt sich die Haare.
blasen — Ich blase den Luftballon auf.

☺ 😐 ☹

Pronomen

Pronomen
ich, du, er / sie / es, wir, ihr, sie sind Pronomen.
Pronomen stehen für Nomen.

1. Ersetze den Namen durch das passende Pronomen.
Schreibe den zweiten Satz ab.

Mia geht zu ihrer Freundin.
Mia möchte mit ihr spielen.

Sie möchte mit ihr spielen.

Max holt einen Ball.
Max möchte Fußball spielen.

Er möchte Fußball spielen.

Die Kinder haben Pause.
Die Kinder essen einen Apfel.

Sie essen einen Apfel.

2. Setze das passende Pronomen ein. ~~ich~~ ~~du~~

Was machst du ?

Ich mache Hausaufgaben.

☺ 😐 ☹

Wortschatztraining 1

1. Ordne die Nomen zu. Schreibe sie in der Einzahl und in der Mehrzahl.

~~Freund~~ ~~Zeichnung~~ ~~Rechnung~~ ~~Spiel~~

● das Spiel
● die Spiele

● die Rechnung
● die Rechnungen

● der Freund
● die Freunde

● die Zeichnung
● die Zeichnungen

2. Ergänze die Verben in der passenden Form.

~~schießen~~ ~~gehen~~ ~~spielen~~

Die Kinder spielen Fußball.
Lukas spielt auch Fußball.

Die Kinder schießen ein Tor.
Lena schießt auch ein Tor.

Die Kinder gehen nach Hause.
Aysun geht auch nach Hause.

Adjektive mit den Endungen -ig und -lich

Adjektive
Mit Adjektiven beschreiben wir Nomen genauer.
Wörter mit den Endungen -ig und -lich sind Adjektive.
windig, freundlich

1. Schreibe die Adjektive auf.

fleiß- / geiz- / mächt- → -ig

fleißig
geizig
mächtig

ängst- / täg- / jähr- → -lich

ängstlich
täglich
jährlich

2. Schreibe zu den Nomen das passende Adjektiv mit -ig oder -lich.

der Sport –	sportlich	der Mensch –	menschlich
der Staub –	staubig	der Spaß –	spaßig
das Gold –	goldig	das Ende –	endlich
der Mut –	mutig	das Gift –	giftig
die Ecke –	eckig	der Witz –	witzig

☺ 😐 ☹

Adjektive – Vergleichsstufen

Vergleichsstufen
Mit Adjektiven können wir vergleichen.
Grundform: klein
1. Vergleichsstufe: kleiner als
2. Vergleichsstufe: am kleinsten

1. Schreibe die Adjektive in die Tabelle.

~~klug~~ ~~schön~~ ~~hell~~ ~~billig~~

Grundform	1. Vergleichsstufe	2. Vergleichsstufe
klug	klüger als	am klügsten
schön	schöner als	am schönsten
hell	heller als	am hellsten
billig	billiger als	am billigsten

2. Setze das passende Adjektiv ein.

~~hart~~ ~~langsamer als~~ ~~am heißesten~~ ~~größer als~~

Eine Schnecke ist langsamer als eine Schildkröte.

Ein Stein ist hart.

Ein Pferd ist größer als ein Hund.

In Afrika ist es heiß. In der Wüste ist es am heißesten.

☺ 😐 ☹

Fragesätze – Aussagesätze

Fragesatz	Aussagesatz
Am Ende steht ein Fragezeichen (?). Wer ...? Was ...? Wo ...? Warum ...? Wann ...? Wie ...?	Am Ende steht ein Punkt (.). Sebastian ist Pfadfinder.

1. Was passt? Verbinde.

2. Kreise in jeder Frage das Fragewort ein und setze ein Fragezeichen. Setze in jedem Aussagesatz einen Punkt.

- (Wie) viele Tage hat ein Jahr ? — Ein Jahr hat 365 Tage .
- (Wo) leben Pinguine ? — Pinguine leben am Südpol .
- (Was) ist die Hälfte von 10 ? — Die Hälfte von 10 ist 5 .

3. Schreibe die Sätze ab.

Wie viele Tage hat ein Jahr?
Ein Jahr hat 365 Tage.
Wo leben Pinguine?
Pinguine leben am Südpol.
Was ist die Hälfte von 10?
Die Hälfte von 10 ist 5.

☺ 😐 ☹

Aufforderungssätze

Aufforderungssatz
Nach Aufforderungen oder Ausrufen steht ein Ausrufezeichen (!).
Komm her! Ach du Schreck!

1. Welches Bild passt? Verbinde.

2. Setze am Ende der Aufforderungssätze ein Ausrufezeichen.

Setz dich ! — Geh weg ! — Schlaf jetzt !

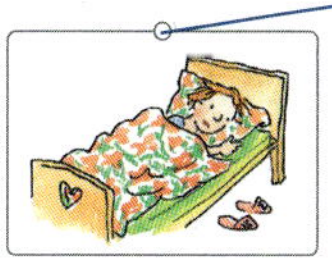

3. Setze ein: (.) oder (?) oder (!). Schreibe die Sätze ab.

Komm bitte mit !	Komm bitte mit!
Wo bist du ?	Wo bist du?
Ich spiele Ball .	Ich spiele Ball.
Seid still !	Seid still!
Mia liest ein Buch .	Mia liest ein Buch.
Was sagst du ?	Was sagst du?

☺ 😐 ☹

b – p, d – t, g – k am Wortende: Wir verlängern

Bei manchen Wörtern hörst du p, t oder k am Wortende.
Du musst aber b, d oder g schreiben.

Der Hun● bellt.	die Hunde	→	der Hund
Der Schüler ü●t.	üben	→	er übt
Das Wetter ist sonni●.	sonnige	→	sonnig

1. Nomen: b statt p, d statt t, g statt k. Bilde die Mehrzahl.
die Züge – der Zug

Zu●	die Züge	→	der Zug
Pfer●	die Pferde	→	das Pferd
Kor●	die Körbe	→	der Korb
Ta●	die Tage	→	der Tag

2. Verben: b statt p, g statt k. Bilde die Grundform.
loben – er lobt

er lo●t	loben	→	er lobt
ihr ha●t	haben	→	ihr habt
sie fra●t	fragen	→	sie fragt
ihr sa●t	sagen	→	ihr sagt

3. Adjektive: b statt p, d statt t, g statt k. Verlängere das Adjektiv um eine Silbe.
Schreibe so:
das gelbe Auto – gelb

gel●	das	gelbe	Auto	→	gelb
gesun●	das	gesunde	Obst	→	gesund
trauri●	das	traurige	Kind	→	traurig
run●	der	runde	Tisch	→	rund

4. Verlängere und setze dann den passenden Buchstaben ein.
Schreibe die Sätze ab.

Ein kalter Win d (d/t) weht über das Fel d (d/t).
Ein kalter Wind weht über das Feld.

Die Mutter trä g t (g/k) den Kor b (b/p).
Die Mutter trägt den Korb.

Das Zel t (d/t) ist gel b (b/p).
Das Zelt ist gelb.

Die Blume ist wel k (g/k).
Die Blume ist welk.

☺ 😐 ☹

ABC der Tiere 3 – Übungsheft: Lösungen (Seite 16–19)

Wortschatztraining 2

1. Ordne die Nomen zu. Schreibe sie in der Einzahl und in der Mehrzahl.

~~Blitz~~ ~~Weg~~ ~~Kleid~~ ~~Sturm~~

● der Blitz
● die Blitze

● der Weg
● die Wege

● das Kleid
● die Kleider

● der Sturm
● die Stürme

2. Verbinde die Nomen mit dem passenden Adjektiv.

Freund – freundlich
Wind – windig
Glück – glücklich
Sonne – sonnig

3. Setze das passende Adjektiv ein.

Mia hat gewonnen. Sie ist glücklich.

Tom winkt Lea. Tom ist sehr freundlich.

Die Sonne scheint. Es ist sonnig.

Das stumme h im Wortstamm

Stummes h

Das stumme h steht in einsilbigen Wörtern und in Wortstämmen vor l, m, n, r.

1. Kreise den letzten Buchstaben ein.

Zah(l) Oh(r) Zah(n) Uh(r)

2. Schreibe die Nomen in der Einzahl und in der Mehrzahl.
die Zahl – die Zahlen

Einzahl		Mehrzahl
die Zahl	–	die Zahlen
das Ohr	–	die Ohren
der Zahn	–	die Zähne
die Uhr	–	die Uhren

3. Kreise den letzten Buchstaben ein.

küh(l) wah(r) zah(m) kah(l)

4. Setze das passende Adjektiv ein. Hänge -e oder -er an.

Der Wind bläst. Es ist ein kühler Tag.

Lea lügt nicht. Sie erzählt eine wahre Geschichte.

Das stumme h im Wortstamm

zahlen – er zahlt

z a h l | en / t

Wortstamm

1. Schreibe die Wortstämme in die Häuschen.
Kreise den letzten Buchstaben ein. Schreibe die er-Form.
fehlen – feh(l) – er fehlt

fehlen	f e h (l)	er fehlt
lahmen	l a h (m)	er lahmt
gähnen	g ä h (n)	er gähnt
führen	f ü h (r)	er führt

Das stumme h – Wortfamilie

Wortfamilie

Wörter mit demselben Wortstamm gehören zu einer Wortfamilie.

1. Welcher Wortstamm passt? Ordne zu und schreibe die Wörter.

~~lehren~~ ~~zählen~~ ~~lehrreich~~ ~~erzählen~~
~~abzählen~~ ~~Lehrer~~ ~~Erzählung~~ ~~Lehrerin~~

lehr: lehren, lehrreich, Lehrer, Lehrerin

zähl: zählen, erzählen, abzählen, Erzählung

2. Setze das passende Wort ein.

Die Lehrerin erklärt eine Aufgabe.

Mia erzählt eine Geschichte.

Max zählt das Geld.

Wortschatztraining 3

1. Ordne die Nomen zu. Schreibe sie in der Einzahl und in der Mehrzahl.

~~Zahl~~ ~~Zahn~~ ~~Ohr~~ ~~Uhr~~

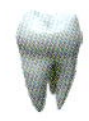

● der Zahn
● die Zähne

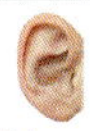

● das Ohr
● die Ohren

● die Uhr
● die Uhren

9

● die Zahl
● die Zahlen

2. Ergänze die Verben in der passenden Form.

~~wohnen~~ ~~gähnen~~ ~~führen~~

Die Kinder führen den Hund an der Leine.
Lukas führt auch seinen Hund aus.

Die Kinder wohnen in einem Hochhaus.
Lena wohnt auch in einem Hochhaus.

Die Kinder gähnen.
Edon gähnt auch.

Gegenwart – Vergangenheit

Gegenwart – Vergangenheit

Verben geben an, in welcher Zeit etwas stattfindet.
Gegenwart (heute): er holt
Vergangenheit (früher): er holte

1. Was passt? Setze ein.

~~er lief~~ ~~er zeigte~~ ~~er ging~~ ~~er las~~ ~~er half~~

Gegenwart		Vergangenheit
er geht	–	er ging
er läuft	–	er lief
er hilft	–	er half
er liest	–	er las
er zeigt	–	er zeigte

2. Setze das passende Verb in der Vergangenheit ein.

Tim lief gestern 50 Meter in acht Sekunden.
Mia las gestern Abend ein Buch.
Max ging letzte Woche ins Schwimmbad.
Lea half gestern Mittag beim Kochen.
Tom zeigte seinem Freund das neue Fahrrad.

☺ 😐 ☹

Lang oder kurz?

1. Sprich und klatsche die Nomen auf beide Arten.
2. Schreibe die Nomen in das richtige Häuschen.

t/tt: Mu●er — A: (leer) — C: M u t t e r

l/ll: ma●en — A: m a l e n — C: (leer)

p/pp: Su●e — A: (leer) — C: S u p p e

n/nn: re●en — A: (leer) — C: r e n n e n

Häuschenprobe: A oder C?

Sprich ein Wort mit langem und mit kurzem Selbstlaut. So kannst du entscheiden, ob ein doppelter Mitlaut geschrieben wird.

der Ba●	die Bälle	→	der Ball
er ro●t	rollen	→	er rollt
schne●	schneller als	→	schnell

3. Bilde zuerst die Mehrzahl, dann die Einzahl. Schreibe auf.

n/nn: der Ma● die Männer → der Mann
s/ss: die Nu● die Nüsse → die Nuss
n/nn: der To● die Töne → der Ton

4. Bilde zuerst die Grundform, dann die er-Form. Schreibe auf.

s/ss: er lie●t lesen → er liest
n/nn: er ke●t kennen → er kennt
n/nn: er bre●t brennen → er brennt

5. Bilde zuerst die erste Vergleichsstufe, dann die einsilbige Form. Schreibe auf.

t/tt: ne● netter als → nett
n/nn: dü● dünner als → dünn
n/nn: schö● schöner als → schön

☺ 😐 ☹

Wortfeld „gehen“

Wortfeld

Wörter mit einer ähnlichen Bedeutung bilden ein Wortfeld.

1. Streiche die Verben durch, die nicht zum Wortfeld „gehen“ gehören.

gehen: ~~kochen~~, bummeln, ~~schauen~~, schleichen, klettern, steigen, ~~fragen~~, rennen

2. Setze das passende Verb ein und schreibe die Sätze ab.

Das Eichhörnchen ___ auf einen Baum.

Das Eichhörnchen klettert auf einen Baum.

Die Kinder ___ leise durch den Wald.

Die Kinder schleichen leise durch den Wald.

Die Mädchen ___ um die Wette.

Die Mädchen rennen um die Wette.

Wortschatztraining 4

1. Ordne die Nomen zu. Schreibe sie in der Einzahl und in der Mehrzahl.

~~Treppe~~ ~~Mädchen~~ ~~Bett~~ ~~Abend~~

- der Abend
- die Abende

- das Bett
- die Betten

- das Mädchen
- die Mädchen

- die Treppe
- die Treppen

2. Ergänze die Verben in der passenden Form.

~~saßen~~ ~~aßen~~ ~~halfen~~

Die Kinder aßen Suppe.
Lukas aß auch Suppe.

Die Kinder halfen der Mutter.
Lena half auch der Mutter.

Die Kinder saßen am Tisch.
Edon saß auch am Tisch.

Wörtliche Rede – Redebegleitsatz

Redebegleitsatz	Wörtliche Rede
Max fragt:	„Möchtest du ein Eis essen?“
Lea antwortet:	„Ja. Ich esse gerne Eis.“

1. Lies den Text. Unterstreiche die Redebegleitsätze rot und die wörtliche Rede grün.

Am Eisstand
Lea geht zum Eisstand. Sie möchte ein Eis essen.
Lea sagt: „Hallo, ich möchte bitte zwei Kugeln Schokoladeneis.“
Die Verkäuferin fragt: „In der Waffel oder im Becher?“
Lea antwortet: „In der Waffel, bitte.“
Die Verkäuferin sagt: „Bitteschön – hier ist dein Eis.“
Lea bedankt sich und bezahlt.

2. Schreibe die wörtliche Rede zum passenden Redebegleitsatz. Achte auf die Redezeichen.

Lea fragt: „Was kostet das Eis?“

Die Verkäuferin sagt: „Zwei Kugeln kosten drei Euro.“

3. Verbinde die Redebegleitsätze mit der passenden wörtlichen Rede.

Redebegleitsatz	Wörtliche Rede
(1) Der Vater grüßt:	„Hallo Lea!“
(2) Lea sagt:	„Hallo Papa!“
(3) Der Vater fragt:	„Wie hat dir das Eis geschmeckt?“
(4) Lea antwortet:	„Das Eis war gut!“
(5) Der Vater meint:	„Nächstes Mal komme ich auch mit.“

4. Schreibe das Gespräch auf. Achte auf den Doppelpunkt und die Redezeichen.

Der Vater grüßt: „Hallo Lea!“
Lea sagt: „Hallo Papa!“
Der Vater fragt: „Wie hat dir das Eis geschmeckt?“
Lea antwortet: „Das Eis war gut!“
Der Vater meint: „Nächstes Mal komme ich auch mit.“

Redebegleitsatz

Der Redebegleitsatz gibt an, wer spricht. Danach steht ein Doppelpunkt :.

Wörtliche Rede

Was gesprochen wird, heißt wörtliche Rede. Die wörtliche Rede steht in Redezeichen „...“.

Vorsilben

Vorsilben

Vorsilben verändern die Bedeutung von Verben.
verschreiben – vorschreiben

1. Setze die Vorsilben mit dem Verb zusammen.

be- / ab- / ver- / vor- → schreiben

beschreiben
abschreiben
verschreiben
vorschreiben

2. Setze das passende Verb ein.

Die Lehrerin will das Wort an der Tafel vorschreiben.

Lea soll das Wort von der Tafel abschreiben.

Der Arzt möchte Tabletten verschreiben.

Max soll das Bild beschreiben.

3. Setze das passende Verb ein.

verspielen | vorspielen

Die Kinder wollen ein Theaterstück vorspielen.

☺ 😐 ☹

Zusammengesetzte Nomen mit Verbindungs-s

Zusammengesetze Nomen

Nomen können wir zusammensetzen.
Das zusammengesetzte Nomen hat den Artikel des zweiten Nomens.
Manchmal fügen wir das „Verbindungs-s" ein.
die Geburt + der Tag: der Geburtstag

1. Bilde aus den Wörtern zusammengesetzte Nomen.
Schreibe die Nomen mit Artikel zu dem passenden Bild.

~~Zeitung~~ ~~Einladung~~ ~~Tag~~ ~~Leser~~ ~~Frühling~~ ~~Karte~~

die Zeitung + der Leser
der Zeitungsleser

der Frühling + der Tag
der Frühlingstag

die Einladung + die Karte
die Einladungskarte

2. Setze das passende zusammengesetzte Nomen ein.

An einem Frühlingstag macht die Familie einen Ausflug.

☺ 😐 ☹

Zusammengesetzte Nomen

Zusammengesetzte Nomen

Wir können ein Verb und ein Nomen zusammensetzen.
Der Artikel richtet sich nach dem Nomen.
trinken + die Flasche: die Trinkflasche

1. Bilde aus den Wörtern zusammengesetzte Nomen.
Schreibe die Nomen mit Artikel zu dem passenden Bild.

~~waschen~~ ~~gießen~~ ~~Sack~~ ~~Maschine~~ ~~schlafen~~ ~~Kanne~~

gießen + die Kanne
die Gießkanne

schlafen + der Sack
der Schlafsack

waschen + die Maschine
die Waschmaschine

2. Setze das passende zusammengesetzte Nomen ein.

Tom holt die Wäsche aus der Waschmaschine.

Lea schläft in ihrem Schlafsack.

In der Gießkanne ist Wasser.

☺ 😐 ☹

Wortschatztraining 5

1. Ordne die Nomen zu. Schreibe sie in der Einzahl und in der Mehrzahl.

~~Getränk~~ ~~Gruß~~ ~~Wurst~~ ~~Gurke~~

die Wurst
die Würste

das Getränk
die Getränke

der Gruß
die Grüße

die Gurke
die Gurken

2. Ergänze die Verben in der passenden Form.

~~bedanken~~ ~~verteilen~~ ~~verabschieden~~

Die Kinder verteilen Hefte.
Hanna verteilt auch Hefte.

Die Kinder verabschieden sich von der Mutter.
Edon verabschiedet sich auch von der Mutter.

Die Kinder bedanken sich für das Geschenk.
Aysun bedankt sich auch für das Geschenk.

Diagramme lesen

Die Kinder der Klasse 3 haben ein Balkendiagramm über ihr Lieblingsobst erstellt.

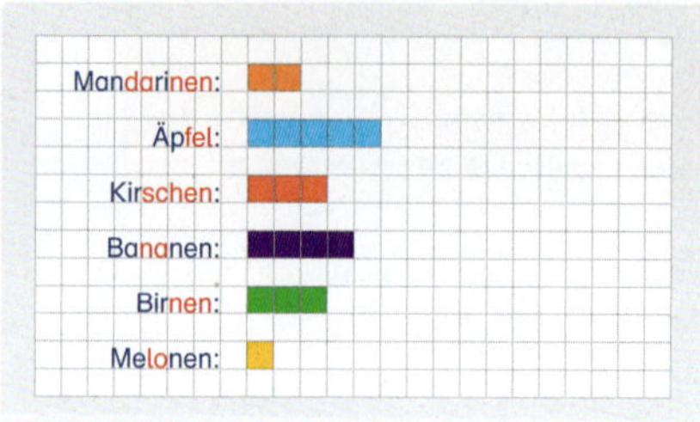

1. Ergänze die Lücken mithilfe des Diagramms.

In der Klasse 3 sind 18 Kinder.

Die meisten Kinder essen Äpfel am liebsten.

Die wenigsten Kinder mögen Melonen.

Gleich viele Kinder essen gerne Kirschen und Birnen.

Vier Kinder essen gerne Bananen.

Zwei Kinder essen gerne Mandarinen.

Satzglieder kennenlernen

Satzglieder

Ein Satz besteht aus mehreren Satzgliedern. Ein Satzglied kann mehrere Wörter haben. Satzglieder können wir umstellen.

Lena steht im Tor.
Im Tor steht Lena.

1. Schreibe zu jedem Fächer zwei Sätze.

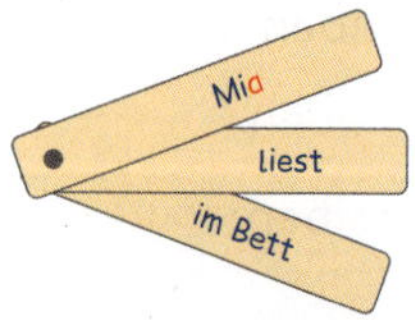

Mia liest im Bett.
Im Bett liest Mia.

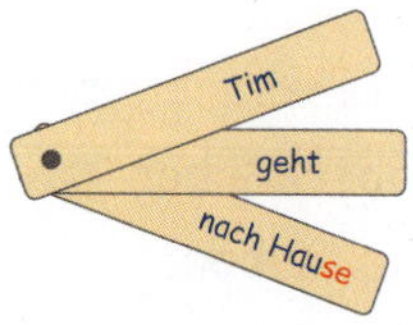

Tim geht nach Hause.
Nach Hause geht Tim.

2. Trenne die Satzglieder durch Striche ab.

Lea | spielt | mit ihrer Freundin.

Lea | spielt | mit ihrer Freundin.

Die Kinder | kommen | aus der Schule.

Timo und Edon | essen | ihre Pausenbrote.

Das Prädikat ist der Satzkern

Prädikat

In jedem Satz gibt es ein Prädikat.
Mit der Frage „Was tut…?“ oder „Was tun…?“ findest du das Prädikat (Satzkern).
Die Kinder (spielen) mit dem Ball.

1. Setze das passende Prädikat ein.

~~macht~~ ~~trinkt~~ ~~spielen~~

Aysun trinkt gerne Saft.

Nach der Schule macht Lukas die Hausaufgaben.

Mia und Tom spielen Federball.

2. Kreise in jedem Satz das Prädikat (grün) ein.

Die Kinder (singen) ein Lied.

Tim (spielt) gerne Fußball.

Am Abend (geht) Lukas zum Training.

3. Lies den Text. Kreise das Prädikat (grün) ein.

Mia (geht) zum Ballettunterricht.
Zuerst (dehnen) die Kinder ihre Muskeln.
Dann (tanzen) sie vor dem Spiegel.

Das silbentrennende h

Achtung: Habe ich das h in der Einzahl geschrieben?

Das silbentrennende h

Das silbentrennende h ist Starter der zweiten Silbe.
Wir schreiben das h auch in der einsilbigen Form.
die Rehe – das Reh   gehen – er geht

1. Schreibe die Nomen mit dem bestimmten Artikel in der Mehrzahl und in der Einzahl.

~~Kühe~~ ~~Rehe~~ ~~Zehen~~ ~~Flöhe~~ ~~Schuhe~~

die Kühe – die Kuh
die Rehe – das Reh
die Zehen – der Zeh
die Flöhe – der Floh
die Schuhe – der Schuh

Das silbentrennende h

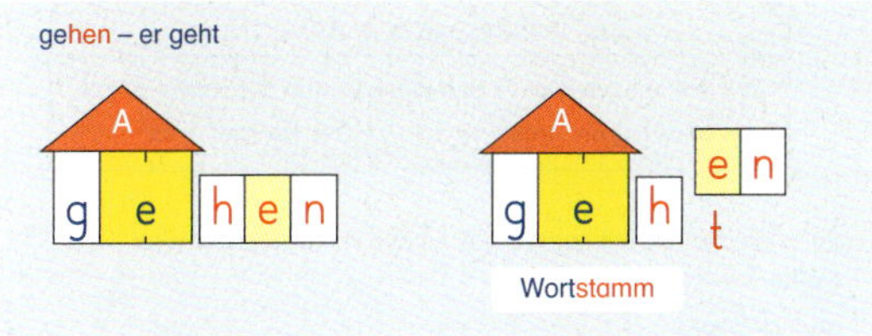

1. Schreibe die Verben in der Grundform und in der er-Form.
   blühen – er blüht

~~blühen~~ ~~wehen~~ ~~krähen~~ ~~mähen~~

blühen – er blüht
wehen – er weht
krähen – er kräht
mähen – er mäht

2. Setze das passende Verb in der richtigen Form ein.

Timo mäht den Rasen.
Die Tulpen blühen im Garten.
Der Hahn kräht vor dem Stall.
Der Wind weht über die Felder.

Wortschatztraining 6

1. Ordne die Nomen zu. Schreibe sie in der Einzahl und in der Mehrzahl.

~~Reh~~ ~~Fluss~~ ~~Zeh~~ ~~Wald~~

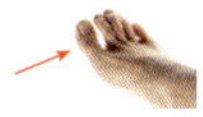
● der Zeh
● die Zehen

● das Reh
● die Rehe

● der Fluss
● die Flüsse

● der Wald
● die Wälder

2. Ergänze die Verben in der passenden Form.

~~fliehen~~ ~~blühen~~ ~~sehen~~

Viele Tulpen blühen im Garten.
Eine Osterglocke blüht auch im Garten.

Die Kinder sehen einen Eisvogel.
Edon sieht auch den Eisvogel.

Die Hasen fliehen in den Wald.
Ein Reh flieht auch in den Wald.

Prädikat und Subjekt

Subjekt

Mit der Frage „Wer oder was tut etwas?“ findest du das Subjekt (Wer-oder-Was-Ergänzung).

Lena [baut] einen Turm.
Subjekt Prädikat

1. Schreibe die Frage nach dem Subjekt auf.
   Wer begrüßt die Kinder?

Die Lehrerin [begrüßt] die Kinder.
Wer begrüßt die Kinder?

Die Mädchen [turnen] in der Sporthalle.
Wer turnt in der Sporthalle?

Timo [spielt] Fußball.
Wer spielt Fußball?

Mia [springt] auf dem Trampolin.
Wer springt auf dem Trampolin?

2. Kreise das Prädikat [grün] ein. Unterstreiche das Subjekt gelb.

Anna [geht] in den Zoo.
Die Zebras [galoppieren] durch das Gehege.
Die Elefanten [trompeten] laut.
Die Affenkinder [schaukeln] im Affenhaus.

3. Schreibe zu jedem Fächer zwei Sätze.
   Kreise das Prädikat [grün] ein und unterstreiche das Subjekt gelb.
   Ein Storch [steht] auf der Wiese.
   Auf der Wiese [steht] ein Storch.

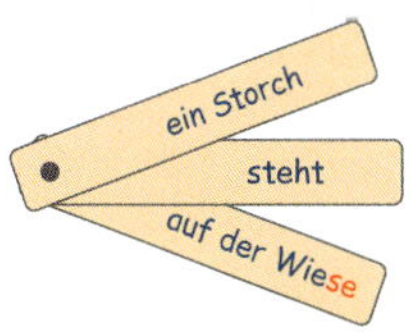

Ein Storch [steht] auf der Wiese.
Auf der Wiese [steht] ein Storch.

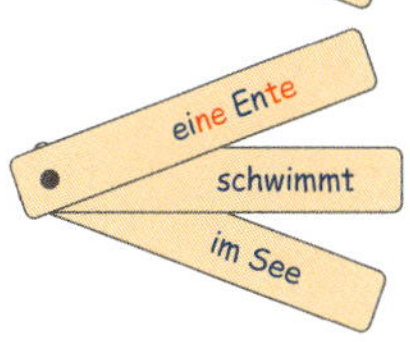

Eine Ente [schwimmt] im See.
Im See [schwimmt] eine Ente.

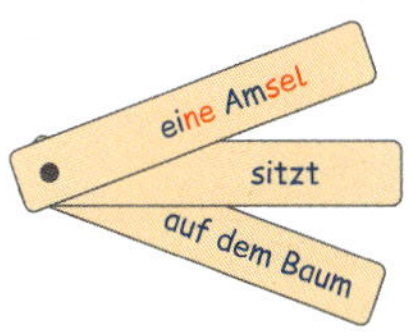

Eine Amsel [sitzt] auf dem Baum.
Auf dem Baum [sitzt] eine Amsel.

4. Kreise das Prädikat [grün] ein. Unterstreiche das Subjekt gelb.

Tim [macht] einen Ausflug mit seinem Freund Max.
Die Jungen [fahren] mit dem Fahrrad an einen See.
Am See [essen] die Kinder ein Eis.
Im Wasser [sehen] die Freunde viele Fische.

Adjektive – Vergleichsstufen

1. Schreibe die Adjektive in die richtige Spalte und ergänze.
   groß – größer als – am größten

~~größer als~~ ~~lang~~ ~~am kleinsten~~ ~~älter als~~ ~~jung~~

Grundform	1. Vergleichsstufe	2. Vergleichsstufe
groß	größer als	am größten
lang	länger als	am längsten
klein	kleiner als	am kleinsten
alt	älter als	am ältesten
jung	jünger als	am jüngsten

2. Vergleiche die Größe der Tiere.
   Der Hund ist groß.
   Das Pferd ist ... als ...
   Der Elefant ist am ...

300 cm

56 cm

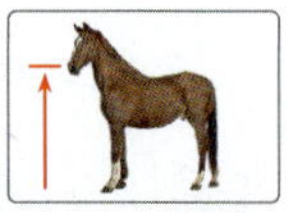
168 cm

Der Hund ist groß.
Das Pferd ist größer als der Hund.
Der Elefant ist am größten.

☺ 😐 ☹

Zusammengesetzte Adjektive

Zusammengesetzte Adjektive
Wir können ein Nomen und ein Adjektiv zusammensetzen.
das Gras + grün: grasgrün   Der Pulli ist grasgrün.

1. Setze die Nomen mit den Adjektiven zusammen. Schreibe so:
   die Raben + schwarz
   rabenschwarz

~~Raben~~ ~~Tomaten~~ ~~Zitronen~~ ~~rot~~ ~~gelb~~ ~~schwarz~~

die Raben – schwarz
rabenschwarz

die Zitronen – gelb
zitronengelb

die Tomaten – rot
tomatenrot

2. Setze das passende zusammengesetzte Adjektiv ein.

Das Kleid ist zitronengelb.

☺ 😐 ☹

ie in der offenen Silbe

Tie – re
Die erste Silbe hat keinen Stopper, also ie.

1. Hat die erste Silbe einen Stopper? Schreibe i oder ie.
   Schreibe die Nomen in der Mehrzahl und in der Einzahl.
   die Kinder – das Kind

K_i_nder   S_ie_be   Sch_i_lder   Br_ie_fe

Mehrzahl		Einzahl
die Kinder	–	das Kind
die Siebe	–	das Sieb
die Schilder	–	das Schild
die Briefe	–	der Brief

ie in der offenen Silbe
Hat die erste Silbe keinen Stopper (offene Silbe), schreiben wir ie.
Bei einsilbigen Wörtern bilden wir die zweisilbige Form.
die Tiere – das Tier   schieben – er schiebt

2. Hat die erste Silbe einen Stopper? Schreibe i oder ie.
   Schreibe die Verben in der Grundform und in der er-Form.
   niesen – er niest

n_ie_sen   w_i_nken   br_i_ngen   l_ie_gen

Grundform		er-Form
niesen	–	er niest
winken	–	er winkt
bringen	–	er bringt
liegen	–	er liegt

Ist ie im Wortstamm, dann schreiben wir alle Wörter der Wortfamilie mit ie.

3. Schreibe alle Wörter mit dem Wortstamm gieß auf.

~~Gießkanne~~ spielen ~~gießen~~ liegen
lieb ~~ausgießen~~ schießen ~~eingießen~~

gieß: Gießkanne, gießen, ausgießen, eingießen

☺ 😐 ☹

Wortschatztraining 7

1. Ordne die Nomen zu. Schreibe sie in der Einzahl und in der Mehrzahl.

~~Brief~~ ~~Maler~~ ~~Spielplatz~~ ~~Fliege~~

- der Maler
- die Maler

- der Brief
- die Briefe

- die Fliege
- die Fliegen

- der Spielplatz
- die Spielplätze

2. Bilde zusammengesetzte Adjektive. Verbinde.

Feder – leicht
Spiegel – glatt
Kugel – rund
Messer – scharf

3. Setze das passende Adjektiv ein.

Der See ist zugefroren. Das Eis ist spiegelglatt.

Max malt einen Schneemann. Der Kopf ist kugelrund.

Gesprochene Vergangenheit

Gesprochene Vergangenheit
Die gesprochene Vergangenheit bildest du mit den Hilfsverben haben und sein:
ich habe gerufen, ich bin gefahren

1. Was passt? Setze ein.

~~ich habe gelesen~~ ~~sie sind gegangen~~ ~~ihr seid gerannt~~ ~~wir sind geklettert~~ ~~du hast gemacht~~ ~~er hat gerufen~~

Gegenwart		gesprochene Vergangenheit
ich lese	–	ich habe gelesen
du machst	–	du hast gemacht
er ruft	–	er hat gerufen
wir klettern	–	wir sind geklettert
ihr rennt	–	ihr seid gerannt
sie gehen	–	sie sind gegangen

2. Setze das passende Verb in der gesprochenen Vergangenheit ein.

Was hast du gestern gemacht?

Ich habe ein Buch gelesen.

Schriftliche Vergangenheit

Schriftliche Vergangenheit
Die schriftliche Vergangenheit verwendest du beim Schreiben von Texten.
ich spielte, ich besuchte

1. Unterstreiche die Verben und setze sie in die schriftliche Vergangenheit. Schreibe die Sätze auf.
Gestern habe ich Basketball gespielt.
Gestern spielte ich Basketball.

Gestern habe ich Basketball gespielt.
Gestern spielte ich Basketball.

In den Ferien hat Mia ihre Oma besucht.
In den Ferien besuchte Mia ihre Oma.

Heute Morgen ist Tim nicht in die Schule gegangen.
Heute Morgen ging Tim nicht in die Schule.

Letzte Nacht habe ich eine Sternschnuppe gesehen.
Letzte Nacht sah ich eine Sternschnuppe.

Eine Stunde haben wir für den Test geübt.
Eine Stunde übten wir für den Test.

Am Sonntag haben wir ein Picknick gemacht.
Am Sonntag machten wir ein Picknick.

Verben mit der Endung -ieren

Verben mit -ieren
Verben mit der Endung -ieren sind von Fremdwörtern abgeleitet.
reparieren, addieren

1. Was bedeuten die Verben auf -ieren? Verbinde.

frisieren – die Haare kämmen
telefonieren – anrufen
fotografieren – ein Bild machen
trainieren – üben

2. Schreibe die Verben in der Grundform und in der er-Form.
frisieren – er frisiert

frisieren – er frisiert
telefonieren – er telefoniert
fotografieren – er fotografiert
trainieren – er trainiert

3. Setze das passende Verb ein.

Lara frisiert ihre Freundin.

Max fotografiert seinen Hund.

ABC der Tiere 3 – Übungsheft: Lösungen (Seite 48–51)

Wortschatztraining 8

1. Ordne die Nomen zu. Schreibe sie in der Einzahl und in der Mehrzahl.

~~Meer~~ ~~Tierärztin~~ ~~Rollstuhl~~ ~~Schlauch~~

● der Rollstuhl
● die Rollstühle

● das Meer
● die Meere

● der Schlauch
● die Schläuche

● die Tierärztin
● die Tierärztinnen

2. Ergänze die Verben in der passenden Form.

~~gratulieren~~ ~~kontrollieren~~ ~~addieren~~

Die Schüler kontrollieren ihre Aufgaben.
Auch Max kontrolliert seine Aufgaben.

Die Kinder addieren die Zahlen.
Auch Mia addiert die Zahlen.

Die Eltern gratulieren Oma zum Geburtstag.
Auch Tim gratuliert Oma zum Geburtstag.

Tabellen lesen und verstehen

Name:	Größe (Schulterhöhe):	Gewicht:	Alter:
1. Gepard	80 cm	bis 75 kg	15 Jahre
2. Löwe	120 cm	bis 190 kg	14 Jahre
3. Tiger	120 cm	bis 310 kg	15 Jahre
4. Puma	90 cm	bis 100 kg	13 Jahre

1. Schreibe in ganzen Sätzen. Welches Tier ist am schwersten?

Am schwersten ist der Tiger.

Welche Tiere sind gleich groß?

Löwe und Tiger sind gleich groß.

Welches Tier ist am kleinsten?

Am kleinsten ist der Gepard.

☺ 😐 ☹

Zusammengesetzte Nomen

Zusammengesetzte Nomen

Wir können ein Adjektiv und ein Nomen zusammensetzen.
hoch + das Haus: das Hochhaus

1. Setze die Adjektive mit den Nomen zusammen. Schreibe so:
bunt + das Papier
das Buntpapier

~~bunt~~ ~~wild~~ ~~weit~~ ~~Katze~~ ~~Sprung~~ ~~Papier~~

bunt \ das Papier /
das Buntpapier

wild \ die Katze /
die Wildkatze

weit \ der Sprung /
der Weitsprung

2. Setze das passende zusammengesetzte Nomen ein.

Die Kinder basteln mit Buntpapier.

☺ 😐 ☹

Wörter mit ß

1. Schreibe die Verben mit ß in der Grundform und in der er-Form.
gießen – er gießt

~~gießen~~ ~~schießen~~ ~~beißen~~ ~~fließen~~ ~~begrüßen~~

gießen – er gießt
schießen – er schießt
beißen – er beißt
fließen – er fließt
begrüßen – er begrüßt

2. Setze das passende Verb in der richtigen Form ein.

Tim gießt die Blumen.

Mia beißt in den Apfel.

Max schießt mit Pfeil und Bogen.

Lea begrüßt die Tante.

Das Wasser fließt.

☺ 😐 ☹

Wörter mit doppeltem Selbstlaut

1. Welche Wörter reimen sich? Verbinde.

Fee	Haar	Meer	Schnee
Klee	See	Paar	leer

Fee – Klee, See; Haar – Paar; Meer – leer; Schnee – Klee, See

2. Setze das passende Wort ein.

Luca hat Durst.
Die Flasche ist aber leer.

Es ist Winter.
Auf den Dächern liegt Schnee.

Es ist Sommer.
Lara schwimmt im Meer.

3. Bilde zusammengesetzte Nomen.
Schreibe die zusammengesetzten Nomen mit dem bestimmten Artikel auf.
der Teebeutel

Tee – Beutel: der Teebeutel
Tee – Tasse: die Teetasse
Tee – Kanne: die Teekanne

☺ 😐 ☹

Wortschatztraining 9

1. Ordne die Nomen zu. Schreibe sie in der Einzahl und in der Mehrzahl.

~~Straße~~ ~~Beere~~ ~~Fuß~~ ~~Pflanze~~

die Beere
die Beeren

die Pflanze
die Pflanzen

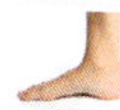

der Fuß
die Füße

die Straße
die Straßen

2. Setze das passende Adjektiv ein.

~~weiß~~ ~~süß~~ ~~heiß~~

Die Mutter hat frischen Tee gekocht.
Der Tee ist heiß.

Mia gibt Zucker in den Tee.
Nun ist der Tee süß.

Es hat geschneit.
Die Landschaft ist weiß.

Ortsangaben

Ortsangaben

Du findest die Ortsangaben mit den Fragen:
„Wo …?" „Woher …?" „Wohin …?"

Die Kinder (lernen) im Klassenzimmer.
Subjekt Prädikat Ortsangabe

1. Bilde Sätze und verbinde die Satzglieder.

die Schüler	gehen	nach Hause.
die Lehrerin	kommt	aus dem Zimmer.
der Hausmeister	fegt	im Hof.

2. Schreibe die Sätze. Unterstreiche die Ortsangabe lila.

Die Schüler gehen <u>nach Hause</u>.
Die Lehrerin kommt <u>aus dem Zimmer</u>.
Der Hausmeister fegt <u>im Hof</u>.

3. Kreise das Prädikat grün ein.
Frage nach der Ortsangabe und unterstreiche sie lila.

Die Mädchen (gehen) <u>in die Sporthalle</u>.
Die Jungen (kommen) <u>aus dem Geräteraum</u>.
Alle Kinder (springen) <u>auf dem Trampolin</u>.

☺ 😐 ☹

Zeitangaben

Zeitangaben

Du findest die Zeitangaben mit den Fragen:
„Wann…?" „Wie lange…?" „Wie oft…?"

Mia (kommt) um 9 Uhr.
Subjekt Prädikat Zeitangabe

1. Unterstreiche die Zeitangabe lila.
Mia besucht ihre Freundin <u>in den Ferien</u>.

Wann besucht Mia ihre Freundin?
Mia besucht ihre Freundin <u>in den Ferien</u>.

Wie lange bleibt Mia bei Lara?
<u>Eine Woche</u> bleibt Mia bei Lara.

Wie oft gehen die beiden ins Schwimmbad?
<u>Jeden Tag</u> gehen die beiden ins Schwimmbad.

2. Bilde Sätze. Schreibe die Sätze auf und unterstreiche die Zeitangabe lila.

~~Timo~~ ~~montags~~ ~~zum Training~~ ~~geht~~

<u>Montags</u> geht Timo zum Training.

~~dauert~~ ~~eine Stunde~~ ~~das Training~~

Das Training dauert <u>eine Stunde</u>.

☺ 😐 ☹

ABC der Tiere 3 – Übungsheft: Lösungen (Seite 56–59)

Ableiten a ⟶ ä; au ⟶ äu

Ableiten: a - ä, au - äu

Wörter mit ä und äu stammen von Wörtern mit dem Selbstlaut a und dem Zwielaut au ab.
backen – der Bäcker der Schaum – schäumen
glatt – die Glätte

1. Schreibe zu den Verben mit a oder au das passende Nomen mit ä oder äu.
verkaufen: der Verkäufer – die Verkäufer

~~das Geräusch~~ ~~der Bäcker~~ ~~der Jäger~~ ~~der Verkäufer~~

	Einzahl	Mehrzahl
verkaufen	– der Verkäufer	– die Verkäufer
backen	– der Bäcker	– die Bäcker
rauschen	– das Geräusch	– die Geräusche
jagen	– der Jäger	– die Jäger

2. Schreibe zu den Adjektiven mit a das passende Nomen mit ä.
glatt – die Glätte

~~die Glätte~~ ~~die Fläche~~ ~~die Wärme~~
~~die Stärke~~ ~~die Schwäche~~ ~~die Kälte~~

glatt – die Glätte   kalt – die Kälte
warm – die Wärme   flach – die Fläche
stark – die Stärke   schwach – die Schwäche

3. Schreibe die Verben in der Grundform und in der er-Form.
laufen – er läuft

~~laufen~~ ~~graben~~ ~~fahren~~ ~~waschen~~

laufen – er läuft

graben – er gräbt

fahren – er fährt

waschen – er wäscht

4. Finde zu dem unterstrichenen Verb das verwandte Nomen mit ä.
Setze ein.

Die Kinder <u>raten</u> fleißig.
Gemeinsam lösen sie das Rätsel.

Mia und Tom <u>packen</u> die Koffer.
Der Vater lädt das Gepäck in das Auto.

Die Kinder <u>backen</u> Kekse.
Sie sind tolle Bäcker.

Nomen mit -ine

Nomen mit -ine

Nomen mit -ine haben mehr als zwei Silben.
Wir schreiben sie mit i.
die Praline, die Mandarine, die Maschine

1. Klatsche die Nomen mit -ine. Schreibe die Nomen in die richtige Spalte.
Gardine

~~Gardine~~ ~~Ruine~~ ~~Mandarine~~
~~Margarine~~ ~~Kabine~~ ~~Violine~~

3 Silben	4 Silben
Gardine	Mandarine
Ruine	Margarine
Kabine	Violine

2. Setze das passende Nomen mit -ine ein.

Die Kinder besichtigen eine Ruine.

Der Vater zieht sich in der Kabine um.

Mia schiebt die Gardine zur Seite.

Wortschatztraining 10

1. Ordne die Nomen zu. Schreibe sie in der Einzahl und in der Mehrzahl.

~~Stadt~~ ~~Gebäude~~ ~~Käfig~~ ~~Palast~~

● der Käfig
● die Käfige

● die Stadt
● die Städte

● der Palast
● die Paläste

● das Gebäude
● die Gebäude

2. Setze das passende Adjektiv ein.

~~ängstlich~~ ~~kräftig~~ ~~mächtig~~

Ein Kaiser hatte viel Macht.
Er war mächtig.

Das Kaninchen hat Angst.
Es ist ängstlich.

Der Gewichtheber hat viel Kraft.
Er ist kräftig.

k oder ck?

1. Bilde zuerst die Grundform.
   Sprich die Verben auf beide Arten. Setze k oder ck ein.

ba_ck_en

kna_ck_en

hä_k_eln

wi_ck_eln

schmü_ck_en

2. Schreibe die Verben in der Grundform und in der er-Form.
   backen – er backt

backen – er backt
knacken – er knackt
häkeln – er häkelt
wickeln – er wickelt
schmücken – er schmückt

3. Setze das passende Verb in der richtigen Form ein.

Edon knackt die Nüsse.

Lea häkelt eine Mütze.

☺ 😐 ☹

ck in Wortfamilien

1. Welcher Wortstamm passt? Ordne zu und schreibe die Wörter.

~~packen~~ ~~einpacken~~ ~~Schmuck~~ ~~ausschmücken~~
~~verpackt~~ ~~schmücken~~ ~~geschmückt~~ ~~Päckchen~~

schmuck: Schmuck, schmücken, ausschmücken, geschmückt

pack: packen, verpackt, einpacken, Päckchen

2. Setze das passende Wort ein.

Aysun bekommt ein Päckchen.

Tims Oma trägt gerne Schmuck.

Max packt seinen Rucksack.

Lea schmückt ihr Zimmer.

☺ 😐 ☹

tz in Wortfamilien

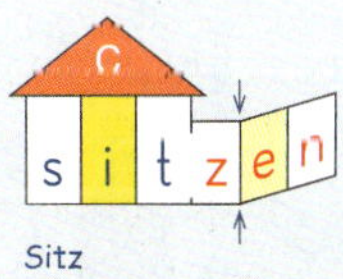

Sitz
Sitzbank
absitzen
besitzen

1. Setze das passende Wort ein.

~~Platz~~ ~~Plätzchen~~ ~~Platzkarte~~ ~~platzieren~~

Es ist Advent.
Max und seine Mutter backen Plätzchen.

Der Hund Fips springt an Lukas hoch.
Lukas schickt Fips an seinen Platz.

Mia möchte im Zug am Fenster sitzen.
Die Mutter kauft für Mia eine Platzkarte.

Lisa geht mit ihrer Oma in ein Gasthaus.
Der Wirt platziert die beiden am Fenster.

☺ 😐 ☹

Wörter mit Besonderheiten

Vogel

Vase

1. Lies die Wörter laut.
   Klingt V wie F, kreise rot ein.
   Klingt V wie W, kreise blau ein.

Vulkan Vater von Vampir
vier November Klavier voll

2. Schreibe die Wörter in die richtige Spalte.

V wie F gesprochen	V wie W gesprochen
Vater	Vulkan
von	Vampir
vier	November
voll	Klavier

3. Setze das passende Wort ein.

Der elfte Monat heißt November.

Ein Feuer speiender Berg ist ein Vulkan.

☺ 😐 ☹

Wortschatztraining 11

1. Ordne die Nomen zu. Schreibe sie in der Einzahl und in der Mehrzahl.

~~Pfütze~~ ~~Mücke~~ ~~Platzkarte~~ ~~Schatz~~

● der Schatz
● die Schätze

● die Pfütze
● die Pfützen

● die Platzkarte
● die Platzkarten

● die Mücke
● die Mücken

2. Setze das passende Verb in der er-Form ein.

~~schätzen~~ ~~schicken~~ ~~stecken~~

Die Kinder stecken die Hefte in die Tasche.
Auch Max steckt das Heft in die Tasche.

Die Kinder schätzen die Länge der Tafel.
Auch Mia schätzt die Länge der Tafel.

Die Eltern schicken Oma eine Karte.
Auch Tim schickt Oma eine Karte.

Satzglieder kennenlernen

Satzglieder

Ein Satz besteht aus mehreren Satzgliedern. Ein Satzglied kann mehrere Wörter haben. Satzglieder können wir umstellen.

Lena	steht	im Tor.
Im Tor	steht	Lena.

1. Schreibe zu jedem Fächer zwei Sätze.

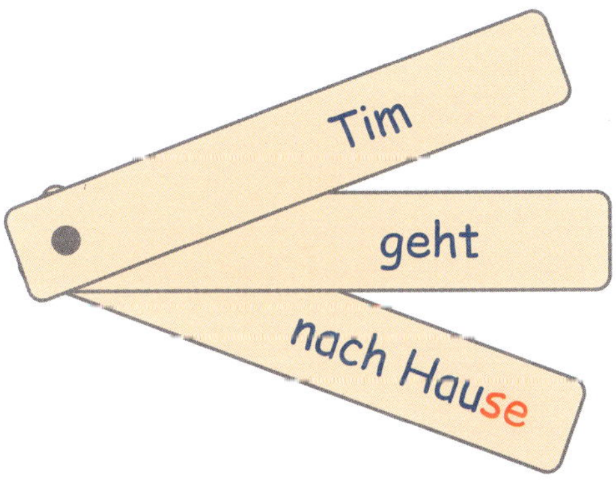

2. Trenne die Satzglieder durch Striche ab.

Lea | spielt | mit ihrer Freundin.

Lea spielt mit ihrer Freundin.

Die Kinder kommen aus der Schule.

Timo und Edon essen ihre Pausenbrote.

Das Prädikat ist der Satzkern

Prädikat

In jedem Satz gibt es ein Prädikat.
Mit der Frage „Was tut...?" oder „Was tun...?" findest du das Prädikat (Satzkern).
Die Kinder spielen mit dem Ball.

1. Setze das passende Prädikat ein.

macht	trinkt	spielen

Aysun ______________ gerne Saft.

Nach der Schule ______________ Lukas die Hausaufgaben.

Mia und Tom ______________ Federball.

2. Kreise in jedem Satz das Prädikat grün ein.

Die Kinder singen ein Lied.

Tim spielt gerne Fußball.

Am Abend geht Lukas zum Training.

3. Lies den Text. Kreise das Prädikat grün ein.

Mia geht zum Ballettunterricht.

Zuerst dehnen die Kinder ihre Muskeln.

Dann tanzen sie vor dem Spiegel.

→ nach SAH Teil A, S. 93 / SB, S. 67

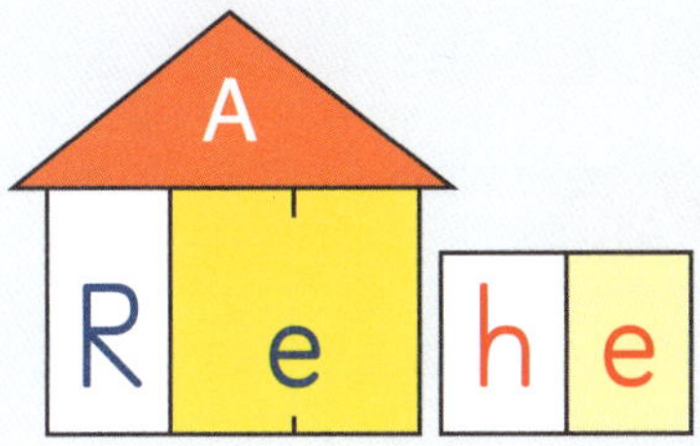

das Reh

Das silbentrennende h

Das silbentrennende h ist Starter der zweiten Silbe.
Wir schreiben das h auch in der einsilbigen Form.
die Rehe – das Reh   gehen – er geht

1. Schreibe die Nomen mit dem bestimmten Artikel in der Mehrzahl und in der Einzahl.

Kühe   Rehe   Zehen   Flöhe   Schuhe

Das silbentrennende h

gehen – er geht

1. Schreibe die Verben in der Grundform und in der er-Form.
   blühen – er blüht

   blühen | wehen | krähen | mähen

   ______ – ______

   ______ – ______

   ______ – ______

   ______ – ______

2. Setze das passende Verb in der richtigen Form ein.

   Timo ______ den Rasen.

   Die Tulpen ______ im Garten.

   Der Hahn ______ vor dem Stall.

   Der Wind ______ über die Felder.

⇢ nach SAH Teil A, S. 93 / SB, S. 67

Wortschatztraining 6

1. Ordne die Nomen zu. Schreibe sie in der Einzahl und in der Mehrzahl.

Reh | Fluss | Zeh | Wald

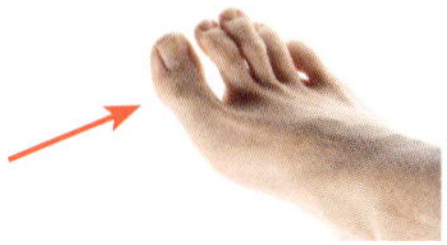

● ______

● ______

● ______

● ______

● ______

● ______

● ______

● ______

2. Ergänze die Verben in der passenden Form.

fliehen | blühen | sehen

Viele Tulpen ______ im Garten.

Eine Osterglocke ______ auch im Garten.

Die Kinder ______ einen Eisvogel.

Edon ______ auch den Eisvogel.

Die Hasen ______ in den Wald.

Ein Reh ______ auch in den Wald.

Prädikat und Subjekt

Subjekt

Mit der Frage „Wer oder was tut etwas?" findest du das Subjekt (Wer-oder-Was-Ergänzung).

Lena (Subjekt) baut (Prädikat) einen Turm.

1. Schreibe die Frage nach dem Subjekt auf.
   Wer begrüßt die Kinder?

   Die Lehrerin begrüßt die Kinder.

   Die Mädchen turnen in der Sporthalle.

   Timo spielt Fußball.

   Mia springt auf dem Trampolin.

2. Kreise das Prädikat grün ein. Unterstreiche das Subjekt gelb.

   Anna geht in den Zoo.

   Die Zebras galoppieren durch das Gehege.

   Die Elefanten trompeten laut.

   Die Affenkinder schaukeln im Affenhaus.

→ nach SAH Teil B, S. 25 / SB, S. 81

3. Schreibe zu jedem Fächer zwei Sätze.
Kreise das Prädikat grün ein und unterstreiche das Subjekt gelb.

Ein Storch steht auf der Wiese.

Auf der Wiese steht ein Storch.

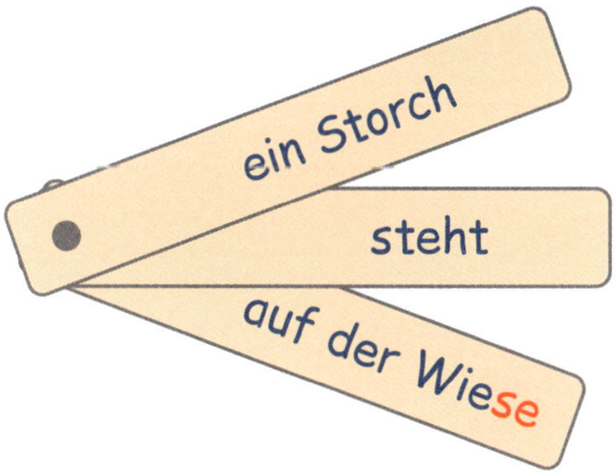

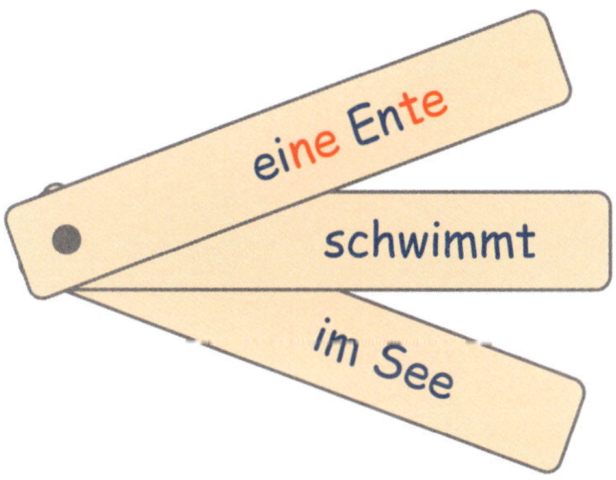

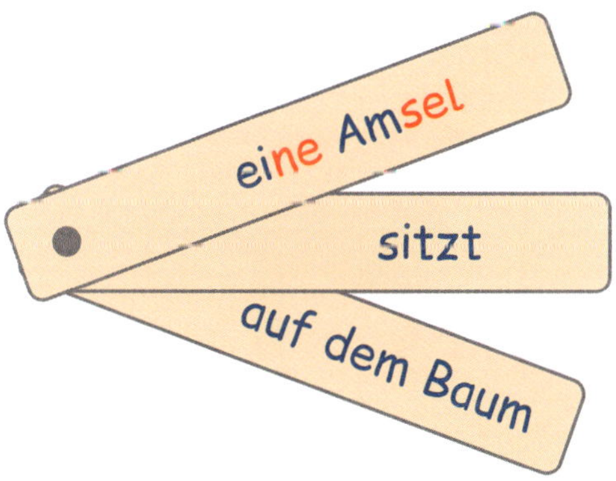

4. Kreise das Prädikat grün ein. Unterstreiche das Subjekt gelb.

Tim macht einen Ausflug mit seinem Freund Max.

Die Jungen fahren mit dem Fahrrad an einen See.

Am See essen die Kinder ein Eis.

Im Wasser sehen die Freunde viele Fische.

Adjektive – Vergleichsstufen

1. Schreibe die Adjektive in die richtige Spalte und ergänze.
   groß – größer als – am größten

größer als | lang | am kleinsten | älter als | jung

Grundform	1. Vergleichsstufe	2. Vergleichsstufe

2. Vergleiche die Größe der Tiere.
   Der Hund ist groß.
   Das Pferd ist ... als ...
   Der Elefant ist am ...

300 cm

56 cm

168 cm

⇢ nach SAH Teil B, S. 25 / SB, S. 81

Zusammengesetzte Adjektive

Zusammengesetzte Adjektive

Wir können ein Nomen und ein Adjektiv zusammensetzen.

das Gras + grün: grasgrün Der Pulli ist grasgrün.

1. Setze die Nomen mit den Adjektiven zusammen. Schreibe so:
   die Raben + schwarz
   rabenschwarz

Raben | Tomaten | Zitronen | rot | gelb | schwarz

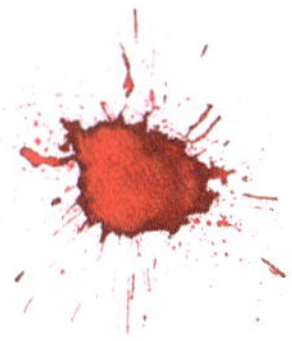

2. Setze das passende zusammengesetzte Adjektiv ein.

Das Kleid ist ______.

1. Hat die erste Silbe einen Stopper? Schreibe i oder ie.
   Schreibe die Nomen in der Mehrzahl und in der Einzahl.
   die Kinder – das Kind

K___nder	S___be	Sch___lder	Br___fe

Mehrzahl **Einzahl**

__________ – __________

__________ – __________

__________ – __________

__________ – __________

ie in der offenen Silbe

Hat die erste Silbe keinen Stopper (offene Silbe), schreiben wir ie.
Bei einsilbigen Wörtern bilden wir die zweisilbige Form.
die Tiere – das Tier schieben – er schiebt

→ nach SAH Teil B, S. 25 / SB, S. 81

2. Hat die erste Silbe einen Stopper? Schreibe i oder ie.
Schreibe die Verben in der Grundform und in der er-Form.
niesen – er niest

n___sen	w___nken	br___ngen	l___gen

Grundform **er-Form**

__________ – __________

__________ – __________

__________ – __________

__________ – __________

Ist ie im Wortstamm,
dann schreiben wir alle Wörter
der Wortfamilie mit ie.

3. Schreibe alle Wörter mit dem Wortstamm gieß auf.

Gießkanne spielen gießen liegen
lieb ausgießen schießen eingießen

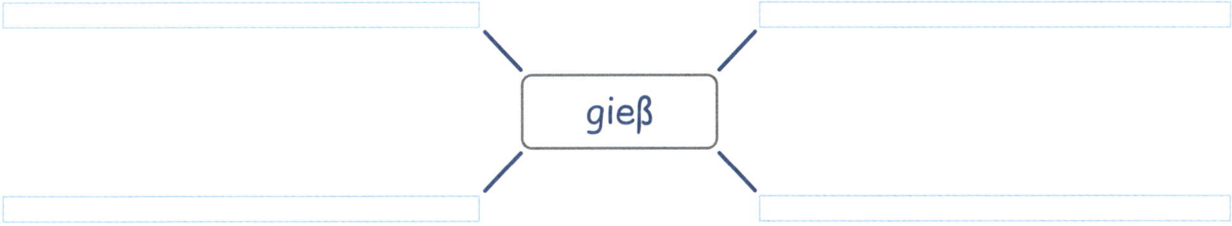

Wortschatztraining 7

1. Ordne die Nomen zu. Schreibe sie in der Einzahl und in der Mehrzahl.

Brief | Maler | Spielplatz | Fliege

- ______
- ______

- ______
- ______

- ______
- ______

- ______
- ______

2. Bilde zusammengesetzte Adjektive. Verbinde.

Feder	Spiegel	Kugel	Messer
glatt	rund	leicht	scharf

3. Setze das passende Adjektiv ein.

Der See ist zugefroren. Das Eis ist ______.

Max malt einen Schneemann. Der Kopf ist ______.

Gesprochene Vergangenheit

Die gesprochene Vergangenheit bildest du mit den Hilfsverben haben und sein:
ich habe gerufen, ich bin gefahren

1. Was passt? Setze ein.

ich habe gelesen	sie sind gegangen	ihr seid gerannt
wir sind geklettert	du hast gemacht	er hat gerufen

Gegenwart		gesprochene Vergangenheit
ich lese	–	
du machst	–	
er ruft	–	
wir klettern	–	
ihr rennt	–	
sie gehen	–	

2. Setze das passende Verb in der gesprochenen Vergangenheit ein.

Was ______ du gestern ______?

Ich ______ ein Buch ______.

Schriftliche Vergangenheit

Die schriftliche Vergangenheit verwendest du beim Schreiben von Texten.
ich spielte, ich besuchte

1. Unterstreiche die Verben und setze sie in die schriftliche Vergangenheit. Schreibe die Sätze auf.
   Gestern habe ich Basketball gespielt.
   Gestern spielte ich Basketball.

   Gestern habe ich Basketball gespielt.

   In den Ferien hat Mia ihre Oma besucht.

   Heute Morgen ist Tim nicht in die Schule gegangen.

   Letzte Nacht habe ich eine Sternschnuppe gesehen.

   Eine Stunde haben wir für den Test geübt.

   Am Sonntag haben wir ein Picknick gemacht.

→ nach SAH Teil B, S. 41 / SB, S. 93

Verben mit der Endung -ieren

Verben mit -ieren

Verben mit der Endung -ieren sind von Fremdwörtern abgeleitet.
reparieren, addieren

1. Was bedeuten die Verben auf -ieren? Verbinde.

frisieren	ein Bild machen
telefonieren	die Haare kämmen
fotografieren	anrufen
trainieren	üben

2. Schreibe die Verben in der Grundform und in der er-Form.
frisieren – er frisiert

________________ – ________________

________________ – ________________

________________ – ________________

________________ – ________________

3. Setze das passende Verb ein.

Lara ________________ ihre Freundin.

Max ________________ seinen Hund.

Wortschatztraining 8

1. Ordne die Nomen zu. Schreibe sie in der Einzahl und in der Mehrzahl.

Meer | Tierärztin | Rollstuhl | Schlauch

● ______________________

● ______________________

● ______________________

● ______________________

● ______________________

● ______________________

● ______________________

● ______________________

2. Ergänze die Verben in der passenden Form.

gratulieren | kontrollieren | addieren

Die Schüler ______________ ihre Aufgaben.

Auch Max ______________ seine Aufgaben.

Die Kinder ______________ die Zahlen.

Auch Mia ______________ die Zahlen.

Die Eltern ______________ Oma zum Geburtstag.

Auch Tim ______________ Oma zum Geburtstag.

Tabellen lesen und verstehen

Name:	Größe (Schulterhöhe):	Gewicht:	Alter:
1. Gepard	80 cm	bis 75 kg	15 Jahre
2. Löwe	120 cm	bis 190 kg	14 Jahre
3. Tiger	120 cm	bis 310 kg	15 Jahre
4. Puma	90 cm	bis 100 kg	13 Jahre

1. Schreibe in ganzen Sätzen. Welches Tier ist am schwersten?

Welche Tiere sind gleich groß?

Welches Tier ist am kleinsten?

Zusammengesetzte Nomen

Wir können ein Adjektiv und ein Nomen zusammensetzen.
hoch + das Haus: das Hochhaus

1. Setze die Adjektive mit den Nomen zusammen. Schreibe so:
   bunt + das Papier
   das Buntpapier

bunt | weit | wild | Katze | Sprung | Papier

2. Setze das passende zusammengesetzte Nomen ein.

Die Kinder basteln mit ____________________.

Wörter mit ß

1. Schreibe die Verben mit ß in der Grundform und in der er-Form.
   gießen – er gießt

gießen	schießen	beißen	fließen	begrüßen

________________ – ________________

________________ – ________________

________________ – ________________

________________ – ________________

________________ – ________________

2. Setze das passende Verb in der richtigen Form ein.

Tim ________________ die Blumen.

Mia ________________ in den Apfel.

Max ________________ mit Pfeil und Bogen.

Lea ________________ die Tante.

Das Wasser ________________.

☺ 😐 ☹

Wörter mit doppeltem Selbstlaut

1. Welche Wörter reimen sich? Verbinde.

Fee	Haar	Meer	Schnee
Klee	See	Paar	leer

2. Setze das passende Wort ein.

Luca hat Durst.

Die Flasche ist aber ______.

Es ist Winter.

Auf den Dächern liegt ______.

Es ist Sommer.

Lara schwimmt im ______.

3. Bilde zusammengesetzte Nomen.
Schreibe die zusammengesetzten Nomen mit dem bestimmten Artikel auf.
der Teebeutel

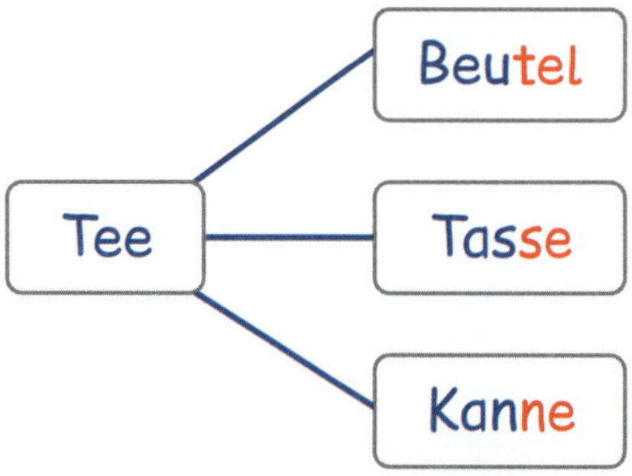

Wortschatztraining 9

1. Ordne die Nomen zu. Schreibe sie in der Einzahl und in der Mehrzahl.

Straße	Beere	Fuß	Pflanze

● ____________________

● ____________________

● ____________________

● ____________________

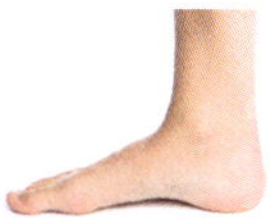

● ____________________

● ____________________

● ____________________

● ____________________

2. Setze das passende Adjektiv ein.

weiß	süß	heiß

Die Mutter hat frischen Tee gekocht.

Der Tee ist ____________.

Mia gibt Zucker in den Tee.

Nun ist der Tee ____________.

Es hat geschneit.

Die Landschaft ist ____________.

Ortsangaben

Du findest die Ortsangaben mit den Fragen:
„Wo ...?" „Woher ...?" „Wohin ...?"

Die Kinder	lernen	im Klassenzimmer.
Subjekt	Prädikat	Ortsangabe

1. Bilde Sätze und verbinde die Satzglieder.

die Schüler o	o kommt o	o nach Hause.
die Lehrerin o	o fegt o	o aus dem Zimmer.
der Hausmeister o	o gehen o	o im Hof.

2. Schreibe die Sätze. Unterstreiche die Ortsangabe lila.

3. Kreise das Prädikat grün ein.
Frage nach der Ortsangabe und unterstreiche sie lila.

Die Mädchen gehen in die Sporthalle.

Die Jungen kommen aus dem Geräteraum.

Alle Kinder springen auf dem Trampolin.

→ nach SAH Teil B, S. 75 / SB, S. 113

Zeitangaben

Zeitangaben

Du findest die Zeitangaben mit den Fragen:
„Wann…?" „Wie lange…?" „Wie oft….?"

Mia	kommt	um 9 Uhr.
Subjekt	Prädikat	Zeitangabe

1. Unterstreiche die Zeitangabe lila.
   Mia besucht ihre Freundin in den Ferien.

Wann besucht Mia ihre Freundin?
Mia besucht ihre Freundin in den Ferien.

Wie lange bleibt Mia bei Lara?
Eine Woche bleibt Mia bei Lara.

Wie oft gehen die beiden ins Schwimmbad?
Jeden Tag gehen die beiden ins Schwimmbad.

2. Bilde Sätze. Schreibe die Sätze auf und unterstreiche die Zeitangabe lila.

Timo	montags	zum Training	geht

____

dauert	eine Stunde	das Training

____

☺ 😐 ☹

Ableiten a → ä; au → äu

Ableiten: a - ä, au - äu

Wörter mit ä und äu stammen von Wörtern mit dem Selbstlaut a und dem Zwielaut au ab.

backen – der Bäcker   der Schaum – schäumen

glatt – die Glätte

1. Schreibe zu den Verben mit a oder au das passende Nomen mit ä oder äu.
   verkaufen: der Verkäufer – die Verkäufer

das Geräusch	der Bäcker	der Jäger	der Verkäufer

	Einzahl		Mehrzahl
verkaufen –		–	
backen –		–	
rauschen –		–	
jagen –		–	

2. Schreibe zu den Adjektiven mit a das passende Nomen mit ä.
   glatt – die Glätte

die Glätte	die Fläche	die Wärme
die Stärke	die Schwäche	die Kälte

glatt –		kalt –	
warm –		flach –	
stark –		schwach –	

→ nach SAH Teil B, S. 75 / SB, S. 113

3. Schreibe die Verben in der Grundform und in der er-Form.
laufen – er läuft

laufen	graben	fahren	waschen

__________ – __________

__________ – __________

__________ – __________

__________ – __________

4. Finde zu dem unterstrichenen Verb das verwandte Nomen mit ä.
Setze ein.

Die Kinder raten fleißig.

Gemeinsam lösen sie das __________.

Mia und Tom packen die Koffer.

Der Vater lädt das __________ in das Auto.

Die Kinder backen Kekse.

Sie sind tolle __________.

Nomen mit -ine

Nomen mit -ine haben mehr als zwei Silben.
Wir schreiben sie mit i.
die Praline, die Mandarine, die Maschine

1. Klatsche die Nomen mit -ine. Schreibe die Nomen in die richtige Spalte.
Gardine

Gardine	Ruine	Mandarine
Margarine	Kabine	Violine

3 Silben	4 Silben

2. Setze das passende Nomen mit -ine ein.

Die Kinder besichtigen eine ______.

Der Vater zieht sich in der ______ um.

Mia schiebt die ______ zur Seite.

nach SAH Teil B, S. 75 / SB, S. 113

Wortschatztraining 10

1. Ordne die Nomen zu. Schreibe sie in der Einzahl und in der Mehrzahl.

Stadt | Gebäude | Käfig | Palast

- ______________
- ______________

- ______________
- ______________

- ______________
- ______________

- ______________
- ______________

2. Setze das passende Adjektiv ein.

ängstlich | kräftig | mächtig

Ein Kaiser hatte viel Macht.

Er war ______________.

Das Kaninchen hat Angst.

Es ist ______________.

Der Gewichtheber hat viel Kraft.

Er ist ______________.

k oder ck?

1. Bilde zuerst die Grundform.
   Sprich die Verben auf beide Arten. Setze k oder ck ein.

ba___en

kna___en

hä___eln

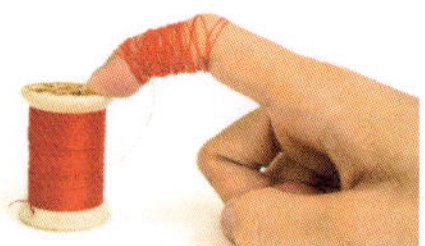

wi___eln

schmü___en

2. Schreibe die Verben in der Grundform und in der er-Form.
   backen – er backt

   ______ – ______

   ______ – ______

   ______ – ______

   ______ – ______

   ______ – ______

3. Setze das passende Verb in der richtigen Form ein.

   Edon ______ die Nüsse.

   Lea ______ eine Mütze.

☺ 😐 ☹

ck in Wortfamilien

1. Welcher Wortstamm passt? Ordne zu und schreibe die Wörter.

packen	einpacken	Schmuck	ausschmücken
verpackt	schmücken	geschmückt	Päckchen

schmuck

pack

2. Setze das passende Wort ein.

Aysun bekommt ein ______.

Tims Oma trägt gerne ______.

Max ______ seinen Rucksack.

Lea ______ ihr Zimmer.

tz in Wortfamilien

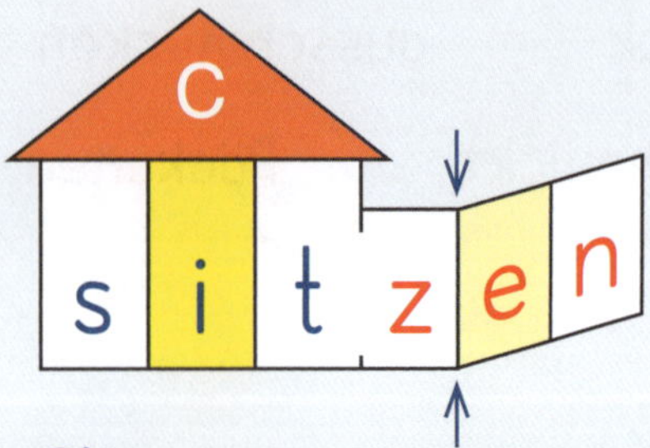

Sitz
Sitzbank
absitzen
besitzen

Sitzen schreiben wir mit tz,
weil i kurz ist.
Alle Wörter, die zu der Wortfamilie
gehören, schreiben wir mit tz.

1. Setze das passende Wort ein.

Platz	Plätzchen	Platzkarte	platzieren

Es ist Advent.

Max und seine Mutter backen ________.

Der Hund Fips springt an Lukas hoch.

Lukas schickt Fips an seinen ________.

Mia möchte im Zug am Fenster sitzen.

Die Mutter kauft für Mia eine ________.

Lisa geht mit ihrer Oma in ein Gasthaus.

Der Wirt ________ die beiden am Fenster.

☺ 😐 ☹

→ nach SAH Teil B, S. 91 / SB, S. 125

Wörter mit Besonderheiten

Vogel

Vase

1. Lies die Wörter laut.
   Klingt V wie F, kreise rot ein.
   Klingt V wie W, kreise blau ein.

Vulkan	Vater	von	Vampir
vier	November	Klavier	voll

2. Schreibe die Wörter in die richtige Spalte.

V wie F gesprochen	V wie W gesprochen

3. Setze das passende Wort ein.

   Der elfte Monat heißt ____________.

   Ein Feuer speiender Berg ist ein ____________.

Wortschatztraining 11

1. Ordne die Nomen zu. Schreibe sie in der Einzahl und in der Mehrzahl.

Pfütze | Mücke | Platzkarte | Schatz

● ______________________

● ______________________

● ______________________

● ______________________

● ______________________

● ______________________

● ______________________

● ______________________

2. Setze das passende Verb in der er-Form ein.

schätzen | schicken | stecken

Die Kinder ______________ die Hefte in die Tasche.

Auch Max ______________ das Heft in die Tasche.

Die Kinder ______________ die Länge der Tafel.

Auch Mia ______________ die Länge der Tafel.

Die Eltern ______________ Oma eine Karte.

Auch Tim ______________ Oma eine Karte.